もふもふと異世界でスローライフを目指します！2

A L P H A L I G H T

カナデ
Kanade

JN113934

アルファライト文庫

目次

スノーティア
アリトの従魔《じゅうま》となったフェンリル。
もふもふの毛並みは最高。
アディーロ
アリトの従魔となった美しい鳥。
風を操《あやつ》るのが得意。
ティンファ
精霊族の血を引く少女。
しっかり者だが
抜けているところもある。
アリト
日本から異世界アーレンティアに
落ちた『落ち人』で、本作の主人公。
『落ち人』について調《しら》べるため
旅に出る。

リアーナ
ミランの森に住む、エルフと
精霊族ドリアードの血を引く女性。
リナリティアーナ
パーティ『深緑の剣』に属する
エルフ。薬師でもあり、
梟《ふくろう》型の魔獣モランを従魔にしている。
レラル
妖精族ケットシーと
魔獣チェンダの血を引く子。
CHARACTERS
登場人物
Mofumofu to Isekai de
Slowlife wo Mezashi masu!
Presented by KANADE

第一章　ミランの森

第一話　ミランの森を目指して

俺、日比野有仁《ひびのありひと》は会社帰りに歩いている途中で突然地面の穴に落ち、日本からこの異世界、アーレンティアへとやって来た。

しかも、二十八歳だというのに見た目が十三歳くらいの少年となり、髪《かみ》や目の色まで変化したのだ。

俺みたいに他の世界から来る人――『落ち人』は、決まって上級魔物や魔獣がうろつく辺境《へんきょう》の深い森に現れるらしい。かくいう俺も、大陸中央部にある『死の森』へ落ちた。

ただ、運良く落ちてすぐに森に住むエルフのオースト爺《じい》さんに拾われたため、無事だったのだ。

俺をいち早く見つけてくれたのは、オースト爺さんが連《つ》れていたフェンリルという魔獣《まじゅう》の子供。その子供が、今は俺と契約を結《むす》んでいる従魔《じゅうま》スノーティア——スノーだ。他にも、俺には鳥型のアディーことアディーロという従魔がいる。

俺はオースト爺さんの家でお世話になりながら、この世界のことを学び、魔法や弓の修《しゅ》業《ぎょう》を積《つ》んだ。

そうして二年の時が過ぎていくなかで、俺はあることに気づいた。

身長が変わらず、髪さえもほぼ伸《の》びなかったのだ。これは俺が『落ち人』であることが関係しているのかと思うのだが……。

そんな俺の悩《なや》みを察したオースト爺さんは、ちょっと強引だったものの、俺を旅に送り出してくれた。たくさんの道具とお金、それから爺さんの知人への紹介状とともに、『落ち人』のことを調《しら》べてくるといい、と俺の背中を押してくれたのだ。

そうして俺は、異世界を旅することになった。スノーやアディーと一緒にな！

初めて訪れた大きな街を出たところで、討伐《とうばつ》ギルドに属する『深緑の剣』という特級パーティの四人に出会う。リーダーのガリードさん、豹《ひょう》の獣人のノウロさん、エルフのリナリティアーナさん、魔法使いのミリアナさん。みんなクセはあるけど親切ないい人たちで、すっかり打ち解《と》けた俺は、ナブリア国の王都にある彼らの拠点《きょてん》に滞在《たいざい》することになった。

それからナブリア国唯一の図書館で、『落ち人』の手がかりを探す日々が始まる。

なんとか手がかりを見つけられたのは良かったが、美しい鳥のアディーが貴族の嫡男《ちゃくなん》だという男に目をつけられてしまい……。

俺は騒動《そうどう》になる前に、図書館で掴《つか》んだ手がかりをもとに、急いで王都を出ることにした。

目指すは北だ。オースト爺さんの知り合いがいる、ミランの森へ。

リナリティアーナさん――俺はリナさんと呼んでいる――が故郷であるエリンフォードに帰郷《ききょう》するということで、一緒に行くことになった。

俺の出発が突然だったため、準備が必要なリナさんとは後で合流すると約束して、王都を旅立ったのだった。


王都を出ると、街の外壁《がいへき》に夕日が遮《さえぎ》られて薄暗く感じた。

日暮れが近いからか、これから門を出る旅人などほとんどいない。よほど急ぐ人か、宿の代金がなく野営をする人くらいだ。今も街道《かいどう》には人の姿はない。

俺たちは門を出ると、街道からすぐに逸《そ》れて街壁に沿《そ》って歩いた。

そして人目につかない場所でスノーに大きくなってもらい、その背に乗って一気に森まで駆《か》け抜ける。

予想通りというか、やはり街道の先で昼間絡《から》んできた貴族たちが待ち伏《ぶ》せしていたのだ。

門を出る前に、アディーに頼《たの》んで偵察《ていさつ》に飛んでもらい、それを知ることができた。

俺には従魔がいるのだから、街から出ればいくらでも逃げようがあるってわかりそうなものなのにな？

とりあえず今日は森の奥へとそのまま進み、日が完全に落ちたところで野営の準備を始めた。

『えへへ。スノー、アリトを乗せて思いっきり走れて気持ちよかったの！』

「助かったよ、スノー。王都では窮屈《きゅうくつ》な思いをさせてごめんな。ご飯を食べたらゆっくりとブラッシングするからな！」

『やったーー！　アリトと一緒ならどこでもいいけど、やっぱりお外だとのびのびするの！』

スノーは『死の森』で自由に外を駆け回って育ったのだから、街中でじっとしているなんてつらかっただろう。

我慢《がまん》させて悪いとは思っても、街中ではどうしてもスノーは目立つ。かといって、スノーを自由にするために手放すなんて、俺には絶対にできない。

だから街を出た今、スノーには好きなことをさせてあげたかった。

「よーし。じゃあ今日は、スノーが好きな肉を出すからな！」

『わーい！』

尻尾をぶんぶん振っているスノーを微笑《ほほえ》ましく思いながら、スノーとアディー用に『死の森』の魔物の肉を取り出して竈《かまど》の火であぶる。

その後、カバンから魔道具のコンロを出し、手早く自分の分のスープを作った。

スノーとアディーのご飯用の肉は全部、良質な魔力を多く含む『死の森』の魔物のものだ。

魔獣のご飯は栄養補給《ほきゅう》というよりも魔力を取り込む意味合いが強く、物質的な量よりも素材に含まれる魔力量が重要になる。

スノーとアディーは元々『死の森』にいた強い魔獣で、かなりの魔力量が必要だから、ここら辺にいる魔物の肉ではいくら食べても足《た》りないだろう。

魔力で容量を拡張《かくちょう》したカバンがなかったら、なかなか大変だっただろうな。まだ『死の森』を旅立った際に持ってきた肉も残っているけど、先日オースト爺さんに自作のマヨネーズを送ったら、お返しに、『死の森』の魔獣の肉を送ってくれたので助かった。

一緒に入っていた手紙には、『マヨネーズをもっと寄こせ‼　こりゃたまらん！　トンカツも入れろ！』って書いてあったぞ。ぷぷぷっ。予想通りというか、爺さんマヨラーになったな。

まあ、鳥を飼育している村か街を通りかかったら、卵を多めに仕入れて卵とマヨネーズを送ろうと思う。

他には、『貴族との関わりが煩《わずら》わしかったら、もう一通の身分証明書を使え』と書いてあったが……。

俺が森を出る時、爺さんは『アリト・ヒビノ』という名の証明書の他に、『アリト・エルグラード』という、爺さんの姓のものも用意してくれた。

きっと、俺たちが大きな街や王都に出ることで貴族とトラブルになる可能性を考えてのことだろう。本当にありがたいよな。

思えば、王都ではガリードさんたちの家に居候《いそうろう》させてもらい、貴族連中との面倒ごとの後始末も任《まか》せてしまった。

不思議だな。旅に出る時は、オースト爺さんの庇護《ひご》がなくなるのだから、全《すべ》て一人でやっていかないといけない、この世界で自分を守るのは自分だけだ！　とか意気込んでいた気がする。

でも今は、一人ではないと思えるのだ。俺を気にかけてくれる人がいるから。

爺さんの家にはその気になればいつでも帰れるし、ガリードさんたちの「頼ってくれていい」という言葉にも素直に頷《うなず》けた。

そんなことを考えながら食事を終え、片付けも寝る準備も済んだら、次はスノーをもふもふする時間だ。

「スノー、気持ちいいかー？」

『うん、すっごく気持ちいいの！　もっとわしゃわしゃ、ゴシゴシして！』

「よーし、ここかー?」

『きゃー!』

大きなサイズになって寝転《ねころ》んでいるスノーを、首筋からわしゃわしゃと撫《な》でまわす。お腹《なか》も半《なか》ば乗り上がって撫でると、スノーが嬉《うれ》しそうにコロンコロンと転がりだした。

そんなスノーを追いかけながら、脚の付け根や首筋の毛もかき回す。

『きゃはははは!　楽しいの!』

俺はもふもふできて、スノーも楽しい。なんて素晴らしい!

機嫌よく振られている尻尾を手に取り強めにブラシをかけ、毛並みを整《ととの》えてからもふもふ、わしわし。うん、尻尾もたまりませんな!

最後にもう一度、丁寧《ていねい》に全身をブラッシングして毛並みを整えると、布団の上で寝転がるスノーのお腹に背を預《あず》け、肉球をぷにぷにした。

『クスクス。くすぐったいよ、アリト!』

「そうか?　スノーの肉球は、ぷにぷにで気持ちいいんだよ。今日はこのまま一緒に寝ような」

『アリトと一緒に寝るの!』

『……何をやっているんだ、お前たちは』

気がつくと、アディーが木から俺たちを見下《みお》ろしている。

「んー？　アディーも一緒にやるか？　羽毛もふわふわで、触《さわ》ると気持ちいいんだよな」

『……』

うん、もの凄《すご》く冷たい目で睨《にら》まれたぞ！　そんなに呆《あき》れなくてもいいじゃないか。

ガリードさんたちと一緒に旅をしたり、王都でリナさんと暮《く》らしたりしていた期間は二月《ふたつき》もなかったというのに、こうやってスノーたちと野営していることが、なんだかかなり久しぶりに感じる。

「なあ、スノー。スノーには王都でいっぱい我慢させちゃったから、明日はスノーのやりたいことをしようか。何をしたい？」

『んー。じゃあね、スノーはアリトを乗せて思いっきり走りたいの‼』

「わかったよ。明日は森の中だけど、スノーが好きなだけ一緒に走ろうな」

星々が煌《きら》めく夜空を見上げて思う。

こんな風に、スノーとアディーと何も気にせず過ごすのは気楽だ。気楽だが……オースト爺さんの家や王都でリナさんと暮らしていた時のことを思い出すと、少しだけ寂《さび》しい気もする。

「もう寝ようか。スノー、アディー、おやすみ」

『おやすみなの、アリト』

『……ふん』

とりあえず今夜は、スノーの温《ぬく》もりを傍《そば》で感じながら何も考えずに寝よう。

スノーのもふもふに包まれ、目を閉じた。

◆　◆　◆

外で迎《むか》えた朝は久しぶりだが、いつも通り夜明けとともに起きて朝食を済ませた。

「よしスノー、走ろうか。疲れたらのんびり薬草でも採《と》ろう」

リナさんが告《つ》げた待ち合わせ場所は、王都から街道を歩いて二日の距離《きょり》のオルド村だ。

リナさんが王都を今日出たとしても、合流するのは二日後以降になるだろう。

多少のんびりしてリナさんに追い抜かれても、アディーに空からリナさんの位置を確認してもらい、スノーに乗って走って向かえば問題なく合流できるはずだ。

だから少なくても二日間は好きにできる。今日、明日はスノーの要望を聞いて、ゆっくり過ごすことにしよう。

『わーい！　アリト、乗ってー！』

「街道の方へ行っちゃダメだぞ。森の中だけだからな」

ナブリア国の北にはアルブレド帝国があり、その国境までは平原もあるが森が点在している。さほど広くないいくつかの森を越《こ》えた先には深い森――ミランの森があり、それを抜ければアルブレド帝国だ。

ナブリア国の王都から延《の》びる街道は、その点在する森を迂回《うかい》して北へと向かう。だから、北へ真《ま》っすぐ進んで森を突っ切れば、国境付近のミランの森にも早くたどり着くというわけである。

『きゃははははは！』と、楽しそうに走ったり跳《は》ねたりするスノーの背で、俺はもふもふの毛並みにまたがってしがみつき、風魔法で落ちないように制御《せいぎょ》する。

いつ魔法の制御が乱れて落ちるか、かなりスリリングではあるが、スノーのもふもふに埋《う》まるのはとても気持ちがいい。

森の中では、あちこちから鳥がバサバサと飛び立ち、動物はドタドタと逃げ回っている。ついでに魔物っぽいのを、さっきスノーが走りながら轢《ひ》いていた。森は大騒ぎだ……。もし森に討伐ギルド員がいたとしても、俺たちのことは見られていないと思いたい。

さすがにスノーが走ったせいで街道へ魔物や動物が行ったら困るので、なるべく森の奥へ奥へと追い込むようにした。

スノーには一月《ひとつき》以上も窮屈な思いをさせていたから、まずいとは思っても止められなかったのだ。

結局スノーが満足したのは、オルドの村などとっくに通り越した、いくつ目かの森の奥だったけどな。

比較的深い森で、薬草に含まれる魔力が高く、リナさんのお土産《みやげ》にもなるので夕方まで採って回った。

スノーも思う存分走った後だから、ご機嫌で尻尾をブンブン振りながら手伝ってくれたぞ。

その日も森の中で野営をした。魔物が多いはずの森の奥でも、あれだけスノーが走り回った後なので、静かなものだったよ。

次の日は、起きたらすぐにアディーに様子を見に飛んでもらった。

王都を出た街道でリナさんを発見したとのことで、待ち合わせの村へ向かって薬草を採りながら戻る。まあ、スノーがまだ走りたそうだったから、近くの森まで乗って行ったけどな。

その間に、翌日到着予定だとリナさんの従魔のモランが来てアディーに伝えたので、村近くの森でその日も野営をした。宿に泊まってまたスノーに窮屈な思いをさせるよりも、外のほうがのびのびできていいと思ったからだ。

もちろん、野営の間はたっぷりスノーをもふもふしたぞ！　大きなスノーのお腹の上に寝そべり、全身を使ってな！

◆　◆　◆

「リナさん！　こっちです！」

「アリト君、待たせてしまってごめんね」

　リナさんとオルドの村で無事に合流したのはお昼前のこと。

　野営の道具を片付けた後、俺たちはのんびり採取《さいしゅ》しながら村に入って待っていた。よろず屋で薬草を売って、初めて見る野菜があったのでそれも買ってある。

「気にしないでください。またよろしくお願いします。待っている間にここら辺の森の薬草は集めておきましたよ。おすそ分けしますね。これから街道から外《はず》れて、森の中を野営しながら北へ真っすぐ進んでも大丈夫ですか？」

「ええ、いいわよ。私はちょっと村で買い物してくるわね。終わったら出ましょうか」

「それなら肉や野菜はあるので、パンをお願いします。昼食も森で作りますよ」

「わかったわ、ありがとう。じゃあ、パンだけまとめて買ってくるわね」

　リナさんの買い物が終わるのを村の出口で待ち、合流してから出発すると、街道を外れて北の森へと向かう。

「貴族たちのことは大丈夫でしたか？　こちらは待ち伏せされていましたが、森に入って撒《ま》きましたよ」

「ああ、あのあと門で見張っていたら、閉門する頃に騒《さわ》いでいたわ。ガリードが顔を覚えて、張り切ってギルドへ通報に行ったわよ。気にしないで。私たちは貴族関係の対処の仕方はわかっているもの」

ガリードさんたちも、門で何かしらの騒ぎが起こるだろうと予測して見張ってくれていたのか。

「後で皆さんにはお礼の手紙を送りますね」

「ええ、そうしてあげたら喜ぶわよ。それにアリト君にはこのカバンも貰《もら》っちゃって。良かったの？　これ」

そう言ってマントを開き、腰につけているカバンを見せてくれた。

「旅の支度《したく》をするのに助かるから、早速使わせてもらったのだけれど」

マジックバッグが知られた時の騒ぎを、気にしてくれているのだろう。カバンに使われている革の魔力濃度《のうど》の高さも、見る人が見ればわかるもんな。

「いいんです。今のところ公《おおやけ》にする予定はないですけど、リナさんたちなら、悪いようにはしないでしょう？　それに、誰が使っても容量が増えるというわけではなく、まだ完成品とはいえませんし。ああ、お昼を食べながらでも、もう少し詳《くわ》しい使い方を口頭《こうとう》で説明しますね」

あの時は時間がなくて、渡すことしかできなかったからな。使い方を書いた手紙は入れておいたけど、改めて説明したほうがいいだろう。

とりあえず森へ入ったところで、昼食の準備を始めた。リナさんの前で今さら取り繕《つくろ》う必要はないから、カバンからコンロや材料を取り出して、スープを作って肉を焼いた。もちろん、調味料も使い放題だ。

「できましたよ。食べましょうか」

スープと肉をお皿に盛《も》り、リナさんが出してくれたパンと一緒に食べる。

「やっぱりアリト君のご飯は美味《おい》しいわー。あの後、ナリサさん、アマンダさん、ウェインさんがアリト君に貰った調味料を使って夕飯を作ってくれて、ちゃんと美味しくできたの。でも、アリト君のご飯が一番美味しいわ」

ガリードさん、ノウロさんの奥さんと、ミリアナさん——ミアさんの旦那《だんな》さんで早速作ってみてくれたのか。

「ありがとうございます。美味しいって食べてもらえると、作った甲斐《かい》がありますよ」

食事を終えて手早く片付け、お茶を淹《い》れて一休みしながらリナさんと話す。

「そのカバンはリナさんの魔力を通し続けて馴染《なじ》ませれば、どんどん魔力濃度が増して容量が増えますよ。それから、カバンに生物《なまもの》をしまう時は、魔力で包んで入れると長持ちします。取り出す時は、その魔力を頼りに探すんです」

お手本として、リナさんの目の前で自分のカバンにいつものように魔力を通して見せた。

最初は取り出すのにもコツがいるが、慣れれば大丈夫だろう。魔力操作《そうさ》に熟練《じゅくれん》していないと容量を広げるのは難《むずか》しいので、魔法が苦手《にがて》なガリードさんのカバンはそれほど拡張しないだろうけどな。

魔力結晶《けっしょう》を使うという改良をしたおかげで、リナさんたちのものは最初からカバンの大きさの五倍くらいの物が入れられるようになっていた。

「ふんふん、なるほど。そうやって魔力操作の要領《ようりょう》で使うのね。凄い魔力濃度の革でできたカバンだったから、手紙を読んで驚《おどろ》いたのよ」

「そのカバンに使っているのは、リナさんたちなら倒せるだろう魔物の革です。だから持っていても、目立つことはないでしょう。いざという時に大荷物だと大変なので、役立ててもらえればいいな、と……」

「ありがとう、アリト君。あなたの想《おも》いは十分伝わっているわ。こんな凄い物、逆に貰いすぎだと思うくらいよ？　ねえ、アリト君。本当はあのくらいの貴族のごたごたなんて、自分でどうにでもできたんじゃない？」

リナさんたちなら、カバンに使われている革やこれまで出した食材から、俺が『死の森』の近辺から出てきたのだと推測できるだろう。

だとすれば、上質な素材を持っていても売ろうとはせず、ただ薬師見習いとして商人ギルドに登録しただけ、しかも『死の森』で生きる実力があるのに討伐ギルドとは関わろうとしない、という俺に疑問を持ったはずだ。

考えてみると、これはいい機会なのかもしれない。気を遣《つか》って聞いてはこないと思うけれど、リナさんはエルフだから、間違いなく爺さんのことを知っているだろうしな。

「そうですね。多分、俺が持っている物を使えば解決したでしょう。でも前にも話した通り、街に出たのは今回が初めてですし、実際にそれがどこまで影響力を持っているか知らないのです。爺さんから貰ったものなので。でもリナさんなら、丁度《ちょうど》いいのかもしれませんね。これを見てもらえますか？」

そう言って、カバンから爺さんが用意してくれた身分証明書を取り出し、リナさんに渡す。

『アリト・エルグラード』の名で、エリダナの街で発行された身分証明書を。

「こ、これはっ‼　……そう、なの。アリト君を育ててくれたお爺さんって」

身分証明書の姓を見たリナさんは、目を見開くと同時に驚きの声を上げ、それから震える声で呟《つぶや》いた。エルグラード、と。

リナさんの反応から、どのくらいの影響力があるか確認しようと思ったのだが。

「オースティント・エルグラード、なのね？」

ああ、やっぱり。爺さんは大分前に隠居《いんきょ》したと言っていたが、今でも世間ではかなり知られている名なのだ。さて、リナさんからどんな話が聞けるのやら。

まだ驚きに震えているリナさんを見ながら、爺さんのことを思い出す。

「やはり、リナさんはオースト爺さんのことを知っていましたか。……爺さん、オースティントでオーストだったんだな」

オースティント・エルグラード。それが爺さんの本名か。

「え、ええ。確かにこれを国の上層部へ見せれば、あんな男爵《だんしゃく》の嫡子《ちゃくし》なんて目じゃないくらい大騒ぎになるわよ？　どの国で出しても、ね。……まさかアリト君が、あのオースティント・エルグラード様に育てられたなんて。エリンフォードでは、知らない人はいない名前よ」

爺さんも、『儂《わし》の名前はの、ちぃとばかり、どこの国でもはったりが利《き》くでの』って言っていたしな。規格外《きかくがい》な爺さんの「ちぃとばかり」は、やはり凄かった。

「では、そのエリンフォードで誰もが知っているオースティントの逸話《いつわ》を教えてくれませんか？　俺にとっては、恩人だけど辺鄙《へんぴ》なところに閉じこもっている、変わった爺さんでしかないので。まあ、色々なことの師匠《ししょう》でもあるんですけどね」

そう。ちょっとだけ楽しみにしていた、爺さんが自分では語らなかった過去。黒歴史もあるんじゃないかと期待して、いつか聞いてみたいと思っていた。

「そ、そうね。でも、この話が本当かどうかはわからないわよ？　私にとっても逸話の中の人って感じなのだから。じゃあ、少しだけ話すわね」

そうして語られたのは。

オースト爺さんはかなり昔から生きていて、今ではエリンフォードでも少ない、原初のハイ・エルフと呼ばれる一人であるということ。

エルフの起源《きげん》は霊山であり、原初はそこで生まれ、暮らしていたという。

だが、それから長い年月が経《た》ち、今ではほとんどのエルフが霊山ではなく、麓《ふもと》の森や街などで暮らすようになった。

そのうちに、同じエルフでも、ずっと霊山や森の中で生きてきた者と、街で生まれた者とで保有魔力や寿命《じゅみょう》に差が出てきた。

今では、リナさんのような寿命が三百年くらいのエルフがほとんどだそうだ。

ハイ・エルフと呼ばれる人たちで、今も生きているのは二十人くらいだろうと言われている。その中でも特に有名な三人のうちの一人が、オースト爺さんだ。

他の二人のうちの一人はエリンフォードの初代国王で、現在は霊山に隠棲《いんせい》しているとのこと。もう一人はエリダナの街を造《つく》った元領主だそうで……。

その元領主って、絶対、爺さんが紹介状を書いてくれた相手だよな？　今のエリダナの領主は、当人ではなく子孫《しそん》が務《つと》めているらしいけれど……。

その人は色々なものを発明することで有名で、領主の地位を譲《ゆず》ってからは本人が表に出ることはほぼないが、作品は世に出ているそうだ。

そして、肝心《かんじん》のオースト爺さんなのだが。リナさん曰《いわ》く、大勢の強大なる従魔を連れて世界中のありとあらゆる場所を回っていたため、各国にエピソードがあるのだという。

オースティントなら従魔を従《したが》えて一人で国さえも落とせる、と恐れられているそうだが……まあ、あの家はもふもふ天国だったよな。それも、かなり強い魔獣ばかりの……。

そこまで聞いたところで、後は夜にゆっくりということになった。今の話だけで結構驚いたから、俺も少し消化する時間が欲しい。

リナさんも俺がオースト爺さんの養い子兼《けん》弟子だと知ってかなり動揺《どうよう》していたので、落ち着く時間は必要だろう。


午後は森の中を、街道の進路とは関係なく、アディーとモランに案内してもらって歩いた。

薬草や野草を採りながらのんびりと、だ。

何も気にせず森の奥へどんどん入っていく俺たちに、リナさんは驚いていたが、いくら進んでも魔物どころか動物の影もない。

……昨日スノーがはしゃいだせいで、魔物も動物も逃げてしまったのでしょう、なんてリナさんには言えないがな！

「不思議ね。こんなに森の奥地へ入っているのに魔物がいないなんて……。アリト君はその場にいなかったけれど、ウェイドの街で、私たちは討伐ギルドマスターに警告《けいこく》したのよ。最近、魔物が活性化している疑《うたが》いがある、とね。アリト君と出会った当時、私たちはイーリンの街近くの森の調査と魔物討伐の依頼を受けていたの。実際に討伐した魔物の数もかなり多かったわ。その上、ウェイドの街に行くまでの山越えでも魔物が出たでしょう。だからこの国一帯の森の魔力濃度が上がって、魔物の発生率もかなり上がっていると推測しているの。それなのに、この森には全然魔物がいないわね」

昨日スノーが走りながら魔物を轢《ひ》いていたが、確かに言われてみれば王都に近いわりには魔物の数が多かった気もする。俺はしがみつくのに必死で、あまり見ていなかったが。

「ま、まあ、ほら、スノーとアディーとモランまでいますし、魔物も恐れて近づいてこないんじゃないですか？　俺も旅に出てから森で野営していて襲《おそ》われたことがなかったですし」

うん、言えないよな……。ただでさえ、さっきオースト爺さんのことで動揺させたばかりだというのに。リナさんなら、スノーの種族も察していそうだけれど……。

不審《ふしん》がってはいたが、とりあえず納得してもらって、その日は森から少し外れた場所で野営をすることにした。

木の枝や石をどかしてある程度整地《せいち》したら、次は夕食の支度だ。

カバンからコンロと野菜と肉を出して、野菜を魔法で水洗いし、調理器具に浄化《じょうか》の魔法をかける。それから鍋《なべ》に水を入れて火にかけ、野菜を切った。

「アリト君は本当に流れるように魔法を使うわよね。生活魔法でも、普通は毎回意識して魔力操作してから使うものよ。それもオースティント・エルグラード様の教えのおかげなのかしら？」

「あー、魔力操作は最初に徹底《てってい》して叩き込まれましたよ。咄嗟《とっさ》の時でも魔法をすぐに使えるように、と。あとは、オースト爺さんが色々な魔法を見せてくれたので、そこから自分でイメージをして使っています。爺さんは何を聞いても答えてくれましたしね」

この世界には、生活魔法などの日常でよく使う一般的なものを例外とすれば、特に決まった術式や魔法というものはない。自分のイメージ次第で、魔法の効果を変えられるのだ。

魔力操作の特訓をした俺は、ある程度自由に魔法が使えるようになっていた。

「それにしてもリナさん、オースト爺さんのことはやっぱり『様』付けなんですか？」

「だって、畏《おそ》れ多いわよ。私からしたら、それこそ伝説の人という感じで……。ごめんなさい、アリト君にとっては一番身近な人よね。……それじゃあアリト君との会話では、せめてオースト様って呼ばせてもらうことにするわ」

そう言って、リナさんは笑《え》みを浮かべた。

「でも、魔力操作を最初から徹底的に訓練して、魔法を見せて学ばせる、というのはかなり有効な教え方かもしれないわね」

確かに、この世界とは違う常識や科学の知識がある俺のイメージ力は、チートだと思う。だが、こうして構えることなく魔法を使えているのは、爺さんが魔法を使うところを傍《そば》で見ていたってのも大きいんだよな。

「あ、そうだ。モランもスノーやアディーと同じご飯を食べますか？　いつもは自分で好きなものを狩《か》って食べているのかな、とも考えたのですが」

そういえば王都までの旅の間も、モランが夕飯の時に一緒にいたことはなかったよな。

「私はモランが欲しいって言った時に用意するくらいで、普段は自分で狩っているのよ。モラン、どうする？　アリト君の言葉に甘える？」

「ピーイッ」

「うん、わかった。アリト君、じゃあ今日はモランも貰っていいかしら。食べてみたいって言っているわ」

それを聞いたアディーが、苦々《にがにが》しそうに念話で言い放つ。

『生意気《なまいき》なっ！　自分で狩れるなら、辺境か『死の森』まで飛んで行かせればよかろうに』

『アディー、そんなこと言わないの。なんでそんなにモランに突っかかるんだ？　何かあったのか？』

『……ふん。何かなんてあるわけがないだろう。もういい』

プイっと顔を背《そむ》けて、アディーは夜の森へ飛んで行ってしまった。うーん、本当にどうしたんだろう。鳥型の魔獣同士で何かあるのかな。

「あ、アディー！　ご飯、出しておくからちゃんと食べろよ！」

遠《とお》のくアディーに声をかけると、揉《も》めていることを察したリナさんが心配そうに言う。

「あら、無理しなくていいのよ。モランも普段は狩って食べているんだし」

「いえ、気にしないでください。アディーは気難《きむずか》しいんですよ。では、はい、これ。スノーたちは、ちょっと火で炙《あぶ》った肉がお気に入りなんですよ。食べてみて、モラン」

今回の肉も『死の森』の魔物の肉だ。

炙った肉をスノー専用の皿に載《の》せてスノーの目の前に出し、同じ肉を別の皿に少し載せてリナさんに差し出した。アディーの分の皿も、スノーの隣《となり》に置いておく。

モランも見た感じ弱くはなさそうだし、エリンフォードの森の奥に棲《す》む魔獣なのだと思う。だから、たまには魔力の濃《こ》い肉を食べたいだろうと考えたのだ。

「さあ、リナさん。俺たちも食べましょう」

モランが美味しそうに肉にかぶりつくのを見ながら、俺たちもお皿を並べて食べることにした。

「ありがとう、いただきます」

食後はお茶を飲みながら、爺さんの話やエリンフォードの話をリナさんから聞いた。聞きながらスノーにブラシをかけてもふもふしていたら、リナさんも我慢できずに撫でていたぞ。そして、スノーの毛並みに蕩《とろ》けていた。うちのスノーはいいもふもふなのです！

寝る時になって、もうカバンの容量を隠《かく》す必要はないから、俺はリナさんに自分の布団を貸すことにした。布団に丁寧に浄化をかけてからリナさんに渡す。

俺はスノーに少し大きくなってもらい、お腹に寄りかかって一緒に寝ればいいからな。やっぱり地面に毛布一枚敷《し》くよりも、ずっと快適だ！　まぁ、スノーには少し負担《ふたん》をかけてしまうけどね。

リナさんは布団に横になると、ふわふわ感にとても驚き、目をキラキラさせていた。

ちなみに、リナさんはスノーが大きくなったのを見ても、ため息をついて俺を見ただけで、何も言わなかったぞ。

あとはいつも通りに、念のため結界の道具を埋めて就寝《しゅうしん》する。ここら辺の森では、スノーがいれば魔物や獣に襲われることはないだろうけどな！

◆　◆　◆

その後も十日ほど、森を迂回することなく北へ真っすぐ進んだ。爺さんの知り合いがいるミランの森まではあともう少しだ。

街道にある四つの村と一つの街を通らずに到達することになる。道中で採集《さいしゅう》した薬草もかなりの種類と量になり、俺とリナさんも満足だ。

十日の間に魔物や動物に何度か襲われたが、大して強くもなく、リナさんとスノーたちとであっさりと倒した。

まあ、目的地がミランの森と言っても、それなりの広さがある。爺さんがくれた紹介状の相手は森の中の小屋に住んでいるという情報しかないので、着いたら最初にアディーに探してもらおう。

爺さんが変わり者と書くくらいだから、きっと森のかなり奥の、誰も立ち入らないような場所に住んでいるのだろうと予測している。

旅の間に、リナさんから爺さんのことを色々と聞いた。リナさんは、ずっと昔のことだから誇張《こちょう》されて伝わっているかもしれないと言っていたが、まあ、俺も物語か何かを聞いているみたいな気分だった。

前回少し聞いた話も含めてまとめると、霊山の奥深くの集落で生まれた爺さんは、霊山を下りて世界中の辺境地を巡《めぐ》っては従魔を増やしていったらしい。その旅を続ける中で、従魔や爺さんの力と知識を手に入れようとする国の上層部に狙《ねら》われることも多々あった。

爺さんは戦ったりピンときたりしたヤツと従魔契約を結んだそうだから、その戦いの規《き》模《ぼ》が国の上層部に伝わるくらいの激《はげ》しさだったに違いない。それで目を付けられたんだな。あの家にいた従魔たちは、強力な魔獣ばかりだったし。

国に狙われるたびに爺さんは暴《あば》れ、相手がよほどひどい対応をした時には城や施設を半《はん》壊《かい》させたりして、どの国でも恐れられていたそうだ。

まあ、やりたい放題だな！　でも、爺さんなら国からの干渉《かんしょう》には徹底的に抗《あらが》っただろうことは容易《ようい》に想像できる。

人前に姿を現さなくなり、噂《うわさ》も聞かなくなってもう百年以上は経っているが、オースティント・エルグラードはハイ・エルフだっていうのも知られているから、今でも爺さんを求めている国はあるという。

なんかここまで来ると、爺さんの知り合いに会うのが楽しみになってきたぞ。全員一筋《ひとすじ》縄《なわ》ではいかない相手だろうが、そんな爺さんと付き合っている人物なら面白《おもしろ》そうだし、彼らから聞く爺さんの話も凄く楽しみだ。

爺さんに変わり者とまで言われる相手は、さて、どんな人だろうな？

第二話　ミランの森の隠者《いんじゃ》

ミランの森は、北はアルブレド帝国の国境手前まで、東はエリンフォードとの国境である山脈の手前までと、かなりの範囲に広がっている。

『死の森』のような辺境とまではいかないが、奥に行くにつれて魔力濃度は高くなり、貴《き》重《ちょう》な薬草が生《は》えているらしい。

だからリナさんはエリンフォードに帰省《きせい》する際、時間に余裕があればミランの森に寄るそうだ。

「この森の奥へ行くと、大陸北部の魔力濃度が高い場所にしか生えないミラール草とラリーサの花が採れるのよ。今の時期は、他にも貴重な薬草があるの。せっかくだからたくさん採りましょうね！」

「はい！　頑張《がんば》ります！」

爺さんの研究小屋には様々な薬草が保管されていた。どこにでもある薬草はむしろ少なく、貴重な薬草のほうが充実《じゅうじつ》していたように思う。

とはいえ、そんな貴重な薬草を使う薬の作り方は、俺は習っていなかったのだが。

当然、ミラール草とラリーサの花を使った薬の作り方も知らないが、だったらそのまま売りに出しても、オースト爺さんに送っても、リナさんに作り方を聞いてもいい。使い道はあるのだから、張り切って探すとしよう。

尋《たず》ね人の住む家をアディーに空から捜索《そうさく》してもらいつつ、薬草を採りながら森の奥へ入っていく。スノーも魔力の濃い森が嬉しいのか、軽い足取りで歩いていた。

『おい、見つけたぞ。アリトが予測した通り、森の奥にわかりづらいが小屋があった。アリトたちのいる場所からだと結構な距離があるから、今日中に着くのは無理だな』

『ありがとう、アディー。じゃあ今晩野営できそうな場所に案内してもらえるか？』

さすがに森の奥まで来た今は、スノーには薬草を探すよりも警戒を頼んでいた。

だが魔力濃度が高いといっても、『死の森』ほどではないので、俺たちでも交代で夜番をすれば野営は可能だろう。

「リナさん、アディーが目的の小屋を見つけたようです。ですが今日中にはたどり着けないそうなので、野営できる場所まで案内させます。今晩は交代で夜番をしましょう」

「わかったわ。アリト君にスノーちゃん、それにアディーとモランもいるものね。私もここまで深くこの森に入ったことは、パーティでも数えるほどしかないけれど、交代で警戒すれば野営しても大丈夫よね」

森に入ってからは様々な獣や魔獣の気配を察知しているが、俺たちを警戒しているのか、まだ襲撃《しゅうげき》されていない。

夜には襲撃があるかもしれないが、そこはスノーとアディーに協力してもらえば対処できるだろう。

アディーの道案内に従って森を進むと、位置的には少し東へずれて戻ったところに、野営に適した開けた場所があった。

「スノー、どう？　ここら辺に獣や魔獣はいるかな？」

『こっちの様子を窺《うかが》っているのはいるよ。でもスノーの気配のおかげで、今は来ないみたい』

「わかった。じゃあ料理をするのは止《や》めておくか。すみません、リナさん。ハーブティーと昨日作っておいたパンもどき、それと干《ほ》し肉でいいですか？」

「もちろん。それだってこんな森の中で食べるには十分贅沢《ぜいたく》よ？　じゃあ、食事を用意してくれている間、私は野営の支度をしているわね」

リナさんが整地してくれるのを見ながら、俺は薪《たきぎ》を組んで火をつけ、コンロを出してお湯を沸《わ》かす。夜番に火は必要だ。

「ちょっと見回りがてら、結界を張ってきます」

「私もモランを呼んでおくわ。アリト君も気をつけてね」

「はい。行ってきます」

カバンから魔力結晶を取り出し、地面に埋めていく。今晩は数を増やして、六角形になるように配置した。

『アリト！』

こちらの様子を窺っていた猿系の魔物たちが、スノーの警告と同時に一斉に死角から襲いかかってきたが、瞬時にスノーが風の刃を放って対処した。

それを視界に収めながら、俺は素早くカバンから弓を取り出し、風の魔力を込めて射《い》る。

そのまま振り返ると、後《うし》ろから襲いかかろうとしていた魔物にすぐさま風の刃を放った。

残った最後の魔物は、スノーの放った風の刃で右腕を失い動きが止まったところで、スノーに首筋を噛《か》み切られて絶命《ぜつめい》した。

「まだいるか？」

『ううん。今のを見て逃げてったよ。多分もう来ないと思うけど、スノー、夜の間は大きくなって警戒するの！』

「ありがとう。じゃあ今晩も俺と寝ような。警戒に何か引っかかったら、ちゃんと起こすんだぞ」

『うん！　わかったの！』

仕留《しと》めた猿系の魔物をその場で解体し、手早く血の跡《あと》を浄化で消してから残りの魔力結晶を埋める。全ての作業が終わったところで、野営場所に戻った。

「凄いわね、アリト君。魔物が襲ってきたけど、すぐにアリト君とスノーちゃんが倒したって、モランが教えてくれたわ」

「いいえ、俺は別に。スノーがいれば不意打ちはされませんしね。モランはこの肉食べるか？」

襲ってきた奴らは、『死の森』でいうとかなり浅い場所で出るくらいの魔物だろうから、スノーとアディーには物足《ものた》りないと思う。

「ピィッ！」

「わかったわ。いただけるかしら？　今晩はここでずっと私と一緒に警戒してくれるらしいの」

「モラン、ありがとうな。では、この肉を。俺たちも食事にしましょうか」

食事が終わった後、前半の夜番をリナさんに任せて寝ると、夜半《やはん》にアディーに起こされて交代した。

番をしている間は、俺と一緒に起きたスノーをブラッシングしたり、もふもふしたりしていたぞ。アディーは呆れて偵察してくるって飛んで行ってしまったがな！

結局、夕食前にあっさり魔物を撃退《げきたい》したからか夜に襲撃はなく、ひとまず安全らしいと判断した俺は、スープを作ってパンを添《そ》え、朝食にした。

「リナさん、今日はアディーが見つけてくれた小屋に行きますが、それでいいですか？」

「ええ。私が奥へ行きたいと我儘《わがまま》を言ってついてきたのよ。ここまで来ると、もう私一人では森を出られないと思うし、一緒に行くわ。もし、その人が私と一緒ではダメだと言うなら、一度森の浅い場所まで引き返すことになってしまうかもしれないけれど……」

「うーん、爺さんの紹介状があるし、多分大丈夫だと思いますよ。では、行きましょうか。いざとなったら、ちゃんとエリンフォード近くの安全な場所まで送りますので」

「ありがとう、アリト君。スノーちゃんもよろしくね」

『わかったの！　スノー頑張るの！』

「ふふふ。スノーが張り切っていますよ。せっかくですし、今日も採集しながら行きましょうか。スノーには周囲を警戒してもらって、アディーとモランには空からの警戒と偵察をお願いしましょう」

「ええ。そうね」

たまに襲ってくる魔物を倒しつつ、採集しながら森を奥へ奥へと進み、昼を過ぎてアディーにもう少しだと声をかけられた頃。

ふと耳に何かの声が響いた。

「ん？　何か聞こえないか、スノー」

『んんー？　あ！　あっち‼　あっちの茂《しげ》みから鳴き声が聞こえるの！』

「鳴き声、か。獣かな？　スノー、敵意はあるか？」

『ううん、ないよ。多分、赤ちゃんじゃないかな？』

「え、赤ちゃん？　なんでこんな場所に？　ちょっと行ってみようか」

リナさんにも断《ことわ》りを入れ、気配を消してそっと茂みの方に近づいて覗《のぞ》き込む。そこには――

「みゅーー、みゃうーー」

茂みの中でうずくまって鳴く、一匹の子猫に似た獣がいた。毛は全体的に濃い灰色をしているが、尻尾と手の先は白い。

「ね、猫、か？　それとも豹《ひょう》？　ネコ科の子供だよな」

『んー？　なんか変なの！　気配と匂いが魔獣のような獣のような？　わからないの』

「何だ、それ。……でも、魔物ではないんだよな？」

「みゃう！　みゃおうーー！」

思わず出してしまった俺の声に、その子猫（？）が反応して顔を上げ、こちらを見ながら激しく鳴いた。かなり小さいけれど、目が見えているのか？

「ど、どうしよう？　こんなちっちゃい赤ちゃんが、なんで森の奥に一匹でいるんだろう」

『ねえ、アリト。あのね、なんかこの子がね。一緒に連れて行ってって言っている感じがするの。近くに親がいる気配もないし、多分連れて行っても大丈夫なの』

ええええっ！　そりゃあ連れて行っていいなら、喜んで抱《だ》っこしていくけど！　というか、抱っこしたくてうずうずしているけれど！

『アディー。この子の親って空からも見えないかな？』

『そんな妙な気配のものは、この辺りにはいないな。気になるのなら、敵意がないのだからスノーが言ったように連れて行けばいい。どうせもうすぐ目的地だ』

『……そうだな。わかった。そこに住んでいる人に聞いてみれば、何かわかるかもしれないし。アディー、案内してくれ』

少し離《はな》れた場所で待っていたリナさんは、気になったのか、俺の隣に来て茂みを覗き込んだ。

「アリト君、どうしたの？　え、猫？　いや、でもこんな場所だし、魔物なのかしら」

「それが、スノーたちにもわからないみたいなんです。でも敵意はないようなので、連れて行ってもいいですか？　近くに親も見当たらないから問題ないと思います」

「ええ。アリト君がそうしたいなら。もうすぐ着くのよね？」

「はい。では、ちょっとこの子に近寄ってみますね」

茂みの中に分け入りゆっくり手を伸ばすと、「みゅー」と一声鳴いてペロっと俺の指を舐《な》める。

そのまま俺は、猫（？）の身体《からだ》を両手で包み込むようにそっと抱き上げた。

ふにゃふにゃの感触《かんしょく》とほのかな温もりに、顔が自然とほころんでしまう。

「か、可愛《かわい》い……」

「みゅー、にゅー、にゃうん」

よたよたと顔を上げ、俺を見つめてコテンと首を傾《かし》げた仕草に、ドキュンと胸を貫かれた。

こ、これは破壊力満点過ぎるっ‼

「可愛いわねーー。ちっちゃいわっ！」

みゅーみゅー鳴くその子を、うっとりとリナさんとともに眺《なが》めてしまった。

『おい、アリト。まだ森の中だぞ。捕《つか》まえたのならさっさと歩け。警戒を忘れるな』

「はっ！　そうだった！　ごめん。ありがとう、アディー。スノー、行こう」

ここが魔力の濃い森の奥だということを、すっかり忘れていたよ。

両手が塞《ふさ》がったまま森を歩くのは危《あぶ》ないので、カバンから細長い布を取り出して子猫を包み、布の両端《りょうはし》を俺の首の後ろで縛《しば》った。抱っこ紐《ひも》代わりだ。

これなら、いざという時に弓は無理でも魔法を使うことはできる。

「いいわね、それ。じゃあ行きましょうか」

「はい」

そっと片手を布に添え、子猫の身体を支えて歩いていくと、アディーが見つけた建物《たてもの》が見えてきた。

大きな木の上にある、木の枝に覆《おお》われた木造の家。

おおおっ！　秘密基地《きち》の豪華版《ごうかばん》だ！　俺も作ろうとしたよなー、子供の頃。

ふと、田舎《いなか》の祖父母の家の庭にあった、樹齢《じゅれい》がどのくらいかも不明だった大きな木を思い出す。

「森に溶《と》け込んでいるわね。霊山の麓の森の奥に今でも暮らす、エルフの家のようだわ」

「え？　じゃあ爺さんが紹介状を書いてくれた……リアーナさんって人は、エルフなのかもしれませんね」

エルフが多いエリダナの街ならともかく、それ以外で爺さんにエルフの知り合いがいるとは思っていなかったな。

「ふふふふ。いいえ、違うわ。私はエルフと別種族の混血なのよ」

「うわっ！」

「きゃっ」

「グウォンッ‼」

驚いて振り返ると、真後《まうし》ろに声の主だろう女性が立っていた。

膝裏《ひざうら》まである、ゆるくウェーブのかかった鮮《あざ》やかな若葉色の髪。透《す》き通る肌に長い耳、切れ長《なが》の碧玉色の瞳。すらりとした容姿《ようし》で、とても美しい。

スノーでも気配を察知できなかったなんて、何者なんだ？　この人。

「そんなに警戒しないでちょうだいな。貴方《あなた》がオーストが拾ったっていう子ね。この子はエリルの子供かしら。エリルもラルフも元気？　貴方もよろしくね。そちらのエルフの若人《わこうど》は、お連れさんよね。とりあえず、どうぞ家にお入りなさい。今階段を出すわ」

軽《かろ》やかに笑いながらその人が手を上げると、大木からするすると枝と蔦《つた》が降りてきて、あっという間に階段ができ上がった。

「ようこそ、こんな森の奥まで。私はリアーナ・ドリュー。オーストの古くからの友人よ。貴方たちを歓迎するわ。それと、その子を見つけてくれてありがとう」

リアーナさんは、俺が抱《かか》えている子猫に目を向けて微笑んだ。

展開についていけず呆気《あっけ》に取られていると、リアーナさんは階段を上り、家の扉を開けて「さあ」と俺たちを促《うなが》す。

後ろを向いた時に、彼女の膝裏まである髪の間に、葉が生えている房《ふさ》があることに気づいた。リアーナさんが振り向くと、若葉色の髪がふわっと広がり、日差しでキラキラと輝いて見える。

うわぁ……凄くキレイだ。

「さあ、入って。エリルの子もいらっしゃい。その大きさならこの家でも大丈夫だわ」

「お、お邪魔《じゃま》します」

中へと入ると、木の幹《みき》と枝葉や蔓《つる》で造られた内装《ないそう》が視界に飛び込んできて、思わず目を瞠《みは》った。

床も壁も天井も全て、植物が自《みずか》らそうなったかのように形造られている。

「す、凄い……。まるでおとぎ話の妖精の国に来たみたいだ」

「ふふふふ。貴方は面白いことを言うのね。私はエルフと木の精霊族ドリアードの混血でね。この家は、そのドリアードの能力で造ったの」

俺の隣で、それを聞いたリナさんが目を見開いた。

「ド、ドリアード！　霊山の麓の森でも、お会いしたことはなかったのに。精霊族の方にお会いできるなんて、思ってもみませんでした」

「精霊族は、今ではほとんどが霊山の奥に引っ込んでしまったものね。エリンフォードにもほぼいないわ。まあ、私は変わり者ってことよ。さあ、お茶でもいかが？　お客さんなんて久しぶりだから嬉しいわ」

どうぞ座って？　と、これまた木の枝でできている椅子《いす》を勧《すす》められて座ると、リアーナさんはお茶を出してくれた。

「あ、あの！　ありがとうございます。俺、アリトといいます。それと、こちらは俺がお世話になっているエルフのリナリティアーナさん」

「エリンフォードのエウラナ出身のリナリティアーナです。すみません、一緒について来てしまって。よろしくお願いいたします」

「はい、よろしくね」

そこで俺はオースト爺さんの紹介状のことを思い出し、慌《あわ》ててリアーナさんに渡す。

リアーナさんが紹介状を読んでいる間にお茶を一口いただくと、スーッと華《はな》やかな香りが鼻を通り抜けて、気分が落ち着いた。

一息ついたところで、胸元の抱っこ紐代わりにしていた布をほどいて、子猫を膝《ひざ》の上へと載せる。

「みゅー、みゃあうん」

か細く鳴く可愛い声に、つい手を伸ばして喉元《のどもと》を撫でる。すると子猫はゴロゴロと喉《のど》を鳴らして、気持ちよさそうに目を細めた。

か、可愛すぎるっ！　もう猫もたまらんな！

いやいや、スノーも可愛い。猫も犬も、もふもふは全て大好きだからな‼

「あらあら、レラルったら赤ちゃんみたいに甘えちゃって。アリト君が気に入ったのね？」

そういえばさっき、「見つけてくれてありがとう」って言っていたよな。

「リアーナさんのところの子でしたか。近くの茂みで鳴いていたので、つい連れて来てしまったのですが」

「その子はね、友人から預かっているの。ほらレラル。こっちに来て自己紹介くらいしなさい」

「うにゅぅ」

そっとテーブルの上に載せると、こちらを見て小首を傾げて鳴いた。ううう、可愛い。

「かわい子ぶってもダメよ。そんな赤ちゃんの姿のままでずっと過ごすつもり?」

「にゅうぅ……」

リアーナさんの方をちらちら見ていた子猫が、しょんぼりと俯《うつむ》いた。

「ごめんなさいね、アリト君。ちょっとその子を、床に下ろしてくれないかしら」

「は、はい。では」

リアーナさんの声に逆《さか》らえない響きを感じ、何も聞かずにそっと子猫を抱いて床へ下ろす。

すると子猫の魔力が高まり、光の放出とともに一気に弾《はじ》けた。

光が収まった後に現れたのは、俺の膝上くらいの背丈《せたけ》の二本足で立つ猫の姿。

「え、えええっ!　た、立っている?」

「も、もしかして妖精族、ですか?」

俺とリナさんは驚きの声を上げる。

まんま長靴をはいた猫だ。

でも妖精族って、こんな姿の種族もいるのか?

「そう、その子は妖精族のケットシーと、上級魔獣チェンダの血を引いているのよ。魔獣との混血は珍《めずら》しいから、面倒事に巻き込まれないように、私が預かっているの。ちなみにこの子、こう見えてもう十歳よ？　ほら、ちゃんと自己紹介なさい」

「あ、あの。レラル、です。この姿にも、獣の姿にもなれるよ。ええと、さっきはね。なんか森が凄く気になって、リアーナにこの家から離れちゃダメだって言われていたのに、飛び出しちゃったの。そこで貴方を見かけて、気づいたら赤ちゃんの姿になっちゃってて。包んで運んでくれたの、温かかった。ありがとう」

レラルは、もじもじと両手をいじりながら頭を下げた。その姿も、さっきまでの赤ちゃん子猫と変わらないくらい可愛い。

「この子はさっきみたいに獣の姿にもなれるし、大きさも変えられるのよ。子猫くらいの大きさから、そうね、そのエリルの子と同じくらいにはなれるわ」

今のスノーは大型犬より少し小さいくらいだから、意外と大きくなれるんだな。

って、ああっ！

『アディーッ‼　ごめん、この家の窓まですぐ降りてきて！』

「すみませんっ、すっかり紹介するのを忘れていました！　この子はさっき言っていた通り、オースト爺さんのところのエリルとラルフの子供で、スノーティア。スノーと呼んでください。そして窓へ降りてきたのが、ウィラールのアディーロ、アディーです。二人とも俺と契約を結んでくれています」

スノーも家に招《まね》き入れてくれたのに、紹介すらしてなかった……。どれだけ俺は動揺していたんだ。

「ガルゥ（スノーなの！　おかーさんとおとーさんを知っているの？）」

俺の足元に寝そべっていたスノーがお座りの体勢になる。

「ピューイ！（アリトに風の使い方を教えてやっているだけだ）」

「ふふふ。二人ともアリト君といい関係なのね」

よろしくね、とリアーナさんは自然に手を伸ばしてスノーの頭を撫でた。

「えっ、二人の言葉がわかるんですか？」

「ええ、その子たちは上級魔獣だから魔力が高いでしょう？　私は精霊族の血の影響で、魔力が高くて知性のある魔獣とは会話ができるのよ」

「「す、凄いですね！」」

驚いて、俺とリナさんの声が重《かさ》なった。

爺さんでさえ、契約していない魔獣との会話は自分の従魔に通訳してもらっていたのに。

このリアーナさんの見た目は二十代半ばに見えるが、どことなくオースト爺さんに似た達観《たっかん》を感じる。

精霊族とはどんな種族なのだろうか。王都の図書館で調べていた時に読んだ本にも、ほとんどわかっていないと書いてあったが。

「あ、私にも従魔がいます。モラン、おいで！」

呼びかけられて窓から入ってきたモランが、リナさんの腕にとまる。

「この子はモランといって、中級魔獣のオラルです」

モランも挨拶《あいさつ》するかのように、リアーナさんに向けて一声上げた。

「ふうん。オラルにしては賢《かしこ》い子ね。話すことができるわ。そう、あの霊山の麓の森にいたのね。懐《なつ》かしいわ」

「ピィッ」

モランと会話を始めたリアーナさんを見ていると、足元に柔《やわ》らかいものがすり寄ってきた。

「ん？」

「ねえ、アリト。抱っこして？」

俺のズボンに手を掛けて、上目遣《うわめづか》いで小首を傾げた二本足で立つにゃんこが……。くうっ！

「もちろんいいよ！　これで大丈夫かな？」

速攻で抱っこした。するとレラルは俺の肩に顔をすり寄せ、尻尾は抱えている右手に巻きつける。

「うん！」

た、たまらんね！　つい顎《あご》の下をごろごろしてしまった。

「あらあら、本当にレラルはアリト君のことが気に入ったのね」

「うん！　ねえ、リアーナ。わたし、アリトと一緒にいたい。ついて行ってもいい？」

何それ、そんなの嬉しすぎるけれど！

でもリアーナさんは、魔獣の血を引くレラルが面倒事に巻き込まれるのを防ぐために預かっているって言っていたよな。

「……そんなに気になるの？　アリト君のことが」

「うん！　なんでか、いてもたってもいられなくなって、外に出てアリトに会ったら、この人だって思ったの。離れたくないよ」

あれ？　それってもしかして、ピンと来たってことか？

確かに、俺もスノーより先にレラルの鳴き声に気がついたし、何だか行かなければって気がしてそわそわした。

「魔獣の血なのかしらね……。いいわ。ラルルに鳥を飛ばして聞いてあげる。でも、ラルルがダメって言ったら諦《あきら》めるのよ？　まだ貴方は小さいから、旅の間に自分の身を自分で守れるとは限らないもの」

「うん、わかった。おかあさんにはわたしもお手紙書くよ！　だから、一緒におかあさんに届けてくれる？」

レラルは俺の手に両手を載せて爪を立て、必死にリアーナさんの方へ身を乗り出して言った。その姿に、思わずなだめるように、背中をポンポンしてしまった。

「わかったわ。というわけで。アリト君、この子の母親が許可を出したら、一緒に連れて行ってもらえるかしら？」

リアーナさんはレラルから俺へと視線を移し、目を合わせる。

「いいんですか？　レラルが危険な目に遭《あ》わないように、ここで預かっているんですよね。俺としては、一緒について来てもらえるならとても嬉しいんですが」

レラルの気持ちは凄くありがたいし、俺も一緒にいたいと思う。

けれど、それでレラルが危険に晒《さら》されるのなら……一緒に旅をするのはどうなのだろう。

「……ダメ、なの？」

か弱い声が聞こえて目を落とすと、しょんぼりと俯くレラルの姿が！

「いや！　ダメじゃない、ダメじゃないよ！　俺だってレラルには何か感じるし、慕《した》ってくれるのは凄く嬉しいし、一緒にいたいよ」

「本当に？」

「うん、本当だ。レラルと一緒なら、今よりもっと楽しくなるよ」

俺を見上げるレラルを持ち上げ、目線を合わせてそう告げた。

　すると、レラルの顔がとても嬉しそうにほころんだ。

　そっと右手を伸ばして頭を撫でると、レラルは気持ちよさそうに目を細める。

「そうね……。アリト君、母親から許可が下りたら、レラルが魔獣との混血だってことが他の人にわからないよう、何か手段を考えるわ。とりあえず今日はもう外が暗いから、ご飯を食べてゆっくり休んでちょうだいね。アリト君の用件を聞くのは、明日にしましょう」

　言われて窓の外を見ると、すっかり暗くなり月の光が差し込んでいた。室内の樹々についているランプにも、いつの間にか光が灯《とも》されている。

「わ、わかりました。今夜はお世話になります。そのお礼にご飯は作らせてください。俺、料理は得意なんですよ」

「ふふふふ。オーストの手紙にも書いてあったわ。こちらからお願いしようと思っていたのよ。たまには自分以外の人が作ったお料理も食べたいものね」

　リアーナさんは俺の申し出に、にっこり微笑んで了承《りょうしょう》してくれた。

「じゃあ台所だけお借りします。何か苦手な物や食べてはダメな物はありますか？」

「そうね。私はそんなにお肉は得意じゃないけれど、レラルはお肉が好きよ」

「では、肉料理と野菜料理を作りますね」

　ポトフと、果汁のタレで味付けした焼肉とサラダ、それに卵がまだあったからオムレツでも作ろうか。

「台所はあっちよ。レラルはこちらへいらっしゃい。ラルルに手紙を書くのでしょう？」

「うん、頑張ってわたしの気持ちを書くよ！」

ふわふわの感触を名残《なごり》惜《お》しく思いながらリアーナさんにレラルを渡すと、そのままリアーナさんは隣の部屋にレラルを連れて行った。

そして戻ってきて奥の台所へと案内してくれる。

台所の説明を終えたリアーナさんは、部屋へ戻る時、そっと近づいて俺の耳元に囁《ささや》いた。

「アリト君は『落ち人』で、『落ち人』がどういうものなのか調べているんでしょう？明日、二人で、ある場所へ行きましょう。多分、その手がかりがあるわ」

「えっ！　ちょっ、それはどういう？」

「ふふふふ。話の続きは明日よ。美味しい夕飯を期待しているわね？」

そう言って軽やかに去っていったリアーナさんの背を、俺は呆然《ぼうぜん》と見送ることしかできなかった。

第三話　足跡《あしあと》

『多分、その手がかりがあるわ』

——って、どういうことだよーーーーっ！

すぐリアーナさんに聞きに行きたい気持ちと、恐らく明日までは何も話してくれないだろうという諦めの気持ちとがせめぎあってぐるぐるする。

動揺が収まらないまま、とりあえず無心で夕飯の支度をすることにした。今の俺にできることはそれだけだしな……。

カバンから使い慣れた調理道具と、肉や野菜などを少しずつ出す。

野菜は皮を剥《む》いて大きめに切り、薄く切った『死の森』の魔物の肉は果実の搾《しぼ》り汁に漬《つ》け込んだ。

下準備が終わったら大鍋《おおなべ》に水を入れて火にかけ、沸いたら野菜を投入。肉も細かく切っておいたものを大鍋に入れた。よし、平常心になってきたぞ。

一心不乱《いっしんふらん》に料理を作り、でき上がった頃には少し落ち着いていた。

お皿に料理を盛り付けると、リナさんを呼んで運んでもらう。

テーブルいっぱいに並べた料理を、リアーナさんもレラルも嬉しそうに食べてくれた。

「これは美味しいわね。食事なんて食べられればいいって言っていた偏屈《へんくつ》なあのオーストが、わざわざ手紙に書くのもわかるわ。ううーん。この具沢山《ぐだくさん》のスープ、優《やさ》しい味なのに野菜にまでちゃんと味が染《し》みていてとても美味しいわ。この味付けは何を使っているの？」

リアーナさんならポトフかな、って思って作ってみたけれど、気に入ってもらえたみたいだ。

「ああ、それは自作の調味料を使っています。ええと、色々な野菜を形がなくなるまでコトコト煮込《にこ》んで作ったものです。それでコクを出しているんですよ」

王都で作っておいたコンソメを小分けにして、カバンに入れてあるのだ。浄化魔法で徹底的に殺菌《さっきん》した上に凍《こお》らせて魔力で包んだので、まだもつだろう。

「ねえ、アリト！　このお肉、とっても美味しいよ！　いろんな味がするの！」

にぱぁと笑顔でフォークを片手に見上げてくるレラルに、つい蕩けそうになる。

『死の森』の肉は魔力をたっぷり含んでいるからな。レラルは上級魔獣のチェンダの血も引いていると聞いたから選んだのだが、気に入ってくれて良かった。

「ほら、口の周りについているぞ」

夢中で食べているレラルの、タレで汚《よご》れた口の周りを布で拭《ふ》く。

「にゅう……。ありがとう、アリト」

くぅう。食べやすいように小さく切っておいた肉を、はむはむ食べる姿はもう……ああ、もふもふしたい！

食事は和《なご》やかに終わり、リアーナさんに客間へ案内してもらった。

『むー、アリト、ブラッシングして』

「ああ、ごめん、スノー。今用意するな」

部屋には柔らかい草と葉の上に、シーツが掛けてあるベッドもあった。

かなり快適そうではあったが、いつものように布団とスノーのクッションを出して寝ることにする。

アディーは夕食後に、また森へと出て行ってしまった。

布団に座ってぼーっとしていると、ついリアーナさんに言われたことを考えてしまう。

『んー。ねえ、アリト。あのレラルって不思議な匂いの子、一緒に来るの？』

俺の腰に、ぐりぐりとスノーが頭をすり寄せてきた。

そのもふっとした感触に誘われるまま、スノーと目線を合わせて頭を撫でる。

「ああ、まだわからないけれどどな。スノーはあの子と一緒に旅するのは嫌かい？」

不思議な匂いの子、ってことは、やっぱりスノーには混血だとわかったということか。

だったら、街へ連れて行くと、同じようにレラルが混血だとわかる従魔がいたりするかもしれない。かなり注意が必要になるな。

『うーん。あの子、アリトのこと乗せて走るの？』

「いいや。そんなに大きくなれないみたいだよ。今のスノーくらいだって」

『ふうん。だったらいいよ。アリトを乗せるのはスノーだからね！』

「ふふふ。うん。わかったよ、スノー。よーし！　いっぱいブラッシングするからな！」

『わーい！　やったー！』

スノーに飛びかかって、もふもふがしがし撫でながら一緒に転がり、ブラッシングを思う存分する。

そうしてスノーの体温を感じながら、なんとか寝ることができた。

◆　◆　◆

次の日も、いつもの習慣で夜明けとともに目が覚《さ》めた。

リアーナさんに話を聞きたいとはやる気持ちはあるが、さすがに早過ぎるかと思い、布団に座ったまま魔力操作の訓練をする。それから、顔を洗って部屋を出た。

「あら、おはよう。早いのね」

居間に入ると、そこには既《すで》にリアーナさんの姿があった。

つい昨日の『落ち人』の手がかりのことを聞いてしまいそうになったけれど、ぐっと堪《こら》える。

「おはようございます。早起きは習慣なんですよ。朝ご飯、作りますね」

「ええ、ありがとう。でも、そんなに気になるのかしら？　『落ち人』の手がかり」

なんとか平静を装《よそお》ったつもりだったが、簡単に見破《みやぶ》られてしまった。やはり嘘《うそ》やごまかしは苦手なんだよな、俺。

「……はい。俺のことはオースト爺さんの手紙に書いてあったと思いますが、リアーナさんが『落ち人』の存在だけでなく、手がかりまで知っているなんて思ってもみなかったので」

「そうなの？　じゃあ、なんでアリト君はここへ来たの？」

「俺が王都の図書館で掴んだ『落ち人』の手がかりは、北の辺境地でした。でも、そのまま行くかどうか迷《まよ》ったので、ひとまずオースト爺さんの知り合いの方に会ってみようと思ってここに来たんです。すみません、ついでのように押しかけてしまって」

オースト爺さんは俺のことを一目で『落ち人』だと見抜いたが、『落ち人』の存在自体、この世界ではあまり知られていないのだと、王都の図書館で調べてわかった。

だから、いくらオースト爺さんの知人であっても、まさか『落ち人』の手がかりを知っているなんて想像もしてなかったのだ。

「いいのよ。訪ねてくる人なんて滅多《めった》にいないから、たまにお客さんが来てくれると嬉しいわ。ましてや、あのオーストが紹介状を書いて寄こした子でしょ？　私も貴方に興味が湧《わ》いたし、会えて嬉しいわ」

リアーナさんはにっこりと笑って言葉を続ける。

「私が『落ち人』の手がかりを知っていたのは、ただの偶然《ぐうぜん》なのよ。もしかしたらアリト君が王都で掴んだというものと、何か関係があるのかもしれないわね」

「ええっ！　そ、それは！」

それって、あの本を書いた作者が、この場所に何か手がかりを残していたってことなのか⁉

思わず身を乗り出してリアーナさんに詰《つ》め寄ってしまったが、リアーナさんはそんな俺を手で押さえてストップをかけた。

「待って、慌てないで。朝食を食べたら二人だけで外へ出かけましょう。その手がかりのある場所へ案内するわ。それで、アリト君はリナリティアーナさんには言ってないのでしょう？　『落ち人』のこと」

「ええ。王都の図書館でも『落ち人』という言葉は全く発見できなかったので。俺としても下手《へた》に目立つのは避《さ》けたいですし、今のところ、そのことを誰かに言うつもりはありません」

多分、リナさんもガリードさんたちも、俺が『落ち人』だと知っても態度は変わらないだろう。けれど、そう信頼していることと、実際に告げることとは別だと思ってしまうのだ。

「まあ、そのほうが賢明《けんめい》だと思うわよ。さて、アリト君が気になって仕方ないみたいだから、さっさと朝食を食べましょう。簡単なものでいいから、用意してもらえるかしら。そろそろレラルも起きてくると思うし」

「はい、すぐ用意します」

あんなに調べてもほとんどわからなかった『落ち人』の手がかりが、すぐそこにある。浮き立つ気持ちを抑《おさ》えきれないまま、朝食の準備を始めた。

今朝《けさ》のメニューは干し果実の入ったパンもどきと、野菜スープだ。あとはスノーとアディー、モラン用に『死の森』で狩った魔物の肉を炙り、同じ肉をレラル用にしっかり焼いて味をつけたものを並べる。

「じゃあ、食べましょうか」

レラルの前に肉の載った小皿を置いたら、キラキラした目で見つめられた。うん、たんとお食べ！

そんなに甘やかさないでもいいわよ、ってリアーナさんに言われたけれどな！

レラルは妖精族の血も引いているから、必ずしも食事で魔力を取り込む必要はないとのことだが、レラルの笑顔を見ればいくらでも用意しようと思える。

「ちょっとアリト君に見せたい物があるの。リナリティアーナさんは、ここの後片付けをして待っていてもらえるかしら？　レラル、貴方も家でお留守番《るすばん》よ」

そんな風に朝食の後片付けはリナさんに頼んで、リアーナさんと一緒に家を出た。

スノーは当然、俺と一緒だけれどな！

「さあ、行きましょう。こっちよ。ああ、この森では私が一緒なら、魔物や魔獣に襲われる心配はないから安心してね」

リアーナさんはもっと森の奥の方を指し示してそう言うと、さっさと歩き出した。

「えっ？」

どういうことか聞きたかったけれど、その背中に拒否《きょひ》されて慌てて後を追う。

どんどん森の奥へ奥へと歩いていくリアーナさんについて行くうちに、森に違和感《いわかん》を覚えた。

なんだ？　何かおかしいよな。何が……。あっ！

「リアーナさんの行く先の木が、自分から避けていく？　ええっ⁉」

木や草が密集《みっしゅう》している場所でも、リアーナさんが近づくと、すっと木が左右に避けて道ができるのだ。

「ふふふ。気がついた？　これがドリアードの精霊族としての特性よ。樹々と親和性《しんわせい》があるの。この森は私が長年かけて広げた森でね。だからこの森のことは何でも知っているし、木々や草も私の行く手を遮ることはないわ」

「す、凄い、ですね。実際に見ていても、なんだか現実じゃないみたいです」

「面白い表現をするのね。でね、この先には私が封鎖《ふうさ》した一画があるの。……ずっと、ずっと昔にこの森に来た人が、私にある物を託《たく》していったわ。もしこの森に『落ち人』が来ることがあったら渡して欲しい、とね」

それが俺に言った『手がかり』なのか。

「私はあの家からほとんど出ることはないし、この森に人が来ても私の家までたどり着けないと思うと言ったのだけれど……。それでもいい、って。ごめんなさい。私は長くここにいすぎて、託されたのがいつのことだったか、正確には覚えていないのよ」

図書館であの本を見つけた時、なぜか作者は『落ち人』だと確信した。

そして今も、不思議と予感がする。リアーナさんに託した人は、本の著者だと。

今思うと、何かにここまで導《みちび》かれて来たみたいだ。この先のリアーナさんに託した人の想いを追って、俺はここにいるのかもしれない。

「ここよ。今開けるわね」

リアーナさんが立ち止まったのは、かなり奥まった場所で、緑と茶色に彩《いろど》られていた視界の中でそこだけ周囲と隔絶《かくぜつ》されていた。

不思議な色あいの木々が一か所だけ不自然に生えている。その木の幹も葉も、光に当たると虹色《にじいろ》に輝いて見えた。

「私、リアーナ・ドリューの名において封印を解きます。『オラローサ』」

リアーナさんが言葉を発すると同時に、髪が光を帯《お》びて広がった。

そしてその光に導かれるように木が一本、また一本と円を描《えが》いて脇《わき》に避《よ》けていき、ついには不思議な色あいの木が囲む広場となった。

「……キレイだ」

周囲の森の木々もいつの間にか遠ざかり、ぽっかりと開いた空間に二つの太陽からの陽が降り注ぎ、どこか神聖な雰囲気《ふんいき》が漂《ただよ》っている。

その広場の中心には、一枚の石碑《せきひ》があった。

「どうぞ、アリト君。貴方になら、その石碑が読めるはずよ」

リアーナさんに促されてゆっくりと広場に足を踏《ふ》み入れ、石碑の前へ歩いていく。

その石碑に書かれた文字は……日本語だった。

「くっ……」

もう二度と見ることはないと思っていた文字を目にして、つい涙腺《るいせん》が緩《ゆる》みそうになるのを必死で堪《こら》える。

その場にしゃがんで石碑に掘《ほ》られた文字に指を這《は》わせ、ゆっくりと一文字一文字を読んでいった。

そこには、自分が『落ち人』であることと、落ちて来た時の、あの痛みと機械的な声のことが書かれていた。

俺が穴に落ちた時、この世界に合うように全てが変換された。あの言葉がなぜ聞こえたのか、誰の声だったのかはわからない。

でも、俺の身体が問答無用《もんどうむよう》で、何も抵抗できないままに変わったのは事実だ。

その時に俺は自分の生まれた世界を失った。身体も、言葉も、そして文字さえも。

俺は普通に話して書いているのに、口から出るのはこの世界の言葉で、紙に書かれたものもこの世界の文字だ。

だから日本語は文字ではなく、絵を描くような意識を強く持たないと、記すことができなかった。

この世界は、他の世界のものを持ち込まれるのを拒絶《きょぜつ》しているのか――漠然《ばくぜん》とそう思ったことがある。

そんないわば世界の矯正力《きょうせいりょく》に抗って、この人は日本語の文字を石碑に刻《きざ》んだのだ。

第四話　世界の壁《かべ》

「私は森を見回ってくるわ。だから、ゆっくり読んでいてかまわないわよ」

そう言ってリアーナさんはその場を去り、傍《かたわ》らにはスノーの温もりだけが残った。

俺は、石碑の文字を指でなぞり、噛みしめるように読んでいた。何度も、何度も。繰《く》り返し。

石碑に書いてあったのは——

俺は倉持匠《くらもちたくみ》という日本人の男で、二十七歳の時にこの世界に『落ちて』来た。

落ちた場所は『死の森』。

道を歩いていたら突然地面がなくなり、気がついた時には落下していた。

そして頭の中で『変換開始』と無機質な声が響いた直後、全身の痛みに襲われたのだ。

俺はあまりに理不尽《りふじん》だと憤《いきどお》った。

しかし、身体がバラバラに分解される感覚がして恐怖を覚え、『治《なお》れ』と強く、強く願った。

その結果、体の中から何かが爆発したかのように噴《ふ》き出て、右足が千切《ちぎ》れかけ、内臓《ないぞう》にダメージを負《お》っていた俺の体は治り始めた。

この世界での俺の魔力は回復魔法特化型だが、今思えばこの時の出来事が影響しているのだろう。

その後はなんとか動くようになった身体で、森を出るために歩き出した。

魔物に襲われて命からがら逃げ出し、わけがわからないままに魔法を使って傷を癒《いや》す。

それを何度も何度も繰り返して恐怖と不安で気が狂いそうになった時に、やっと森から出ることができた。

この石碑を読んでいる貴方も、何かしらの力で、落ちて来た時に生き延びたのだろう。

それが、運が良かったと言えるかどうかはわからないが。

同じ体験をした者として、俺が自分以外の『落ち人』を調べて知り得た全てを、この石碑の下に残す。

もし『落ち人』とは何なのかと手がかりを求めてこの石碑を発見したのなら読んでくれ。

ただ、そうでないのなら読まないという選択肢もある。

これは俺個人の、前の世界への未練によって残された記録だからだ。

同じ境遇《きょうぐう》の者として、この石碑を読んでいる貴方の幸せを願う。

確かに俺も、落ちて来た時に痛みの中で怒りを爆発させ、ふざけるな！　と強く、強く思った。そして、身体の中に侵入《しんにゅう》してこようとした何かをはねのけた気がする。

俺が落ちた時に怪我《けが》をしていなかったのは、そのせいなのだろうか。

「何かしらの力で、生き延びた」と書かれているということは、恐らくこの人が調べている中で、落ちている間に命を落とした人もいる、ということだろう。

いや、「運が良かった」とあることを考えれば、身体の『変換』でバラバラになってしまうことのほうが多いのかもしれない。

俺が落ちた後でも無事でいられたのは、スノーが早々に見つけて爺さんに助けてもらえたからだ。

運がいい、とは思っていたけれど、今になって改めて実感する。

この倉持匠という人がどれだけの苦難《くなん》を乗り越えて人里へとたどり着いたのかは、あの『死の森』を知っている俺にも察しがつく。

石碑の下にある、恐らくこの人が人生をかけて調べたものを、俺は簡単に受け取ってしまっていいのだろうか。

いや、躊躇《ためら》ってはいけない。

同じ日本人として、もっとこの倉持匠さんのことを知らなければならない。そんな気がする。

俺は意を決して、石碑へと手を伸ばした。

石碑をずらすとその下は空洞《くうどう》になっており、そこには何枚もの紙をまとめた一冊の綴《つづ》りが置かれていた。

空洞の中は、紙の劣化《れっか》を防ぐためだろう、濃い魔力で満たされている。

これが『落ち人』の、倉持匠という人の魔力か……。

石碑をどかしたことで拡散《かくさん》していく魔力の気配を感じながら、紙を捲《めく》った。

最初の一枚目には――


俺はもしかしたら帰れるかもしれないと思い、わずかな手がかりを求め、この世界の各地を回った。

数々の出会いがあり、この世界で普通に生きようと思ったこともある。

けれど、自分の生まれた世界のものを全て変換された理不尽が、そして日本への未練が頭を過《よぎ》り、どうしても立ち止まることはできなかった。

だから今これを読んでいる貴方がこの世界での繋《つな》がりを持ち、それを大切に想えるなら、どうあっても不毛《ふもう》であろう『落ち人』へのこだわりを捨てて、楽しく生きることを望む。

願わくは俺の足跡《あしあと》を読んで、貴方の『落ち人』へのこだわりがなくならんことを。

昭和五十五年生まれ　倉持匠

俺は昭和六十二年生まれだ。俺と七歳しか違わない人だった。

リアーナさんはかなり昔のことだと言っていたのに。

ここは異世界だ。時間軸《じく》が違っていたり、時空がねじ曲《ま》がっていたりしてもおかしくはない。

だが、俺の中に何ともいえない感情が渦巻《うずま》き、次の一枚を捲ることを躊躇《ちゅうちょ》してしまった。

『……アリト、大丈夫?』

その時、ペロリとスノーに腕を舐められ、身体に寄りそう温もりを感じた。

そう、俺は一人じゃないんだ。

「……うん、ありがとう、スノー。ごめん、ちょっと大きくなってくれないか?」

『うん』

一瞬で大きくなって座ったスノーに寄りかかる。背中をもふもふに包まれ、ホッとため息が漏《も》れた。

「ごめん、スノー。俺がこれを読んでいる間、このままでいてくれないか」

『いいよ。アリトとくっつけて嬉しいの!』

ありがとう、と想いを込めて、大きなスノーの首を撫でた。

その温もりに力を貰って、重い手を動かして最初の一枚を捲り、次のページを読み始めた。

「ごめんなさいね、アリト君。邪魔はしたくないんだけれど、根《こん》を詰めすぎるのも体に悪いわ。レラルやリナリティアーナさんも心配しているかもしれないから、一度戻りましょう」

そう声をかけられた時には、何度か読み返した後だった。

ぼんやりする頭で空を見上げると、もう太陽はかなり傾《かたむ》いていた。

「ああ、すみません。夢中になってしまって……。これ、ちょっと借りて行きますので、また返しに来る時にここに連れて来てもらってもいいですか？」

「もちろんよ。……でも、旅に持って行かなくていいの？」

「ええ。これは、俺宛《あて》ではなくて、俺のような『落ち人』へのものですから。だから写して返します。それがこの人の、倉持匠さんの望みでもあると思うんです」

これは俺が貰ってしまっていい物ではない。石碑に込めた想いと一緒に、ここに置いておくべきだ。

「わかったわ。じゃあ戻りましょうか。帰り道にオーストのことでも話してあげるわ」

「ありがとうございます。では行きましょう」

ゆっくり立ち上がると、大人しく俺を待っていてくれたスノーに感謝を込めて撫でる。

「スノーもありがとうな。戻ろうか」

『スノーはアリトと一緒にいられたら大丈夫だよ？』

「ふふふ。スノーがいてくれて良かったよ」

本当に。俺は何度スノーに助けられたのだろうか。命も、心も。

俺とスノーが広場から出ると、リアーナさんがまた封印をして木々を元に戻す。

そして、家までの道を木々を押し分けて歩きながら、オースト爺さんの話をしてくれた。

「オーストの若い頃は、かなりのきかん坊でね。お前のこの力があれば、色々な場所で植物を調べられて新種を生み出し放題だ、だから俺と一緒に来いって、強引に何度も誘われたのよ。ドリアードは魔力濃度の高い森や山に生まれ、そこから動けない種族なの。でも、私はエルフの血が入っているでしょう？　移動もできて、ドリアード種族特有の力もあったものだから、魔力と植物しか頭になかったオーストにとっては魅力的《みりょくてき》だったのね」

「へえー。リアーナさんはオースト爺さんの若い頃からのお知り合いなんですね」

「そうよ。オーストも私も、エリンフォードの霊山の生まれなの。でも、誘われた頃は私も若かったし、無理やり大陸中を引きずり回されるのは嫌だったから、私の夢はこのミランの森を霊山の麓の森みたいにすることだ、って言って断ったの。でもオーストはなかなか諦めなかったのよね。だから私も意地になって、『絶対に叶えるんだから！』って言い放って引きこもったの。それ以来、ここから出ていないわ」

「ええっ‼　この森はリアーナさんが作ったんですか？」

森を広げたって、そういう意味だったのか？　しかも、まさか一人で？

「ええ、そうよ。元々森はあったけれど、ここまで深くはなかったわ。私が長年かけて魔力濃度を上げて、森を作り上げていったの。今ではこの森独自《どくじ》の植物や薬草も生えているのよ。後で分けてあげるわね。まあ、最近はもう自然に任せているから、辺境や『死の森』ほどの魔力濃度はないけれど」

リアーナさんってもしかして、爺さんと同じくらいの年なのか？　森をここまで育てたってことは、かなりの時間がかかっているよな。

「アリト君？　余計なことは考えなくてもいいわよ？」

「はい！　すみません‼」

一瞬背筋《せすじ》に寒気《さむけ》が‼　ミアさんで女性の年齢のことはご法度《はっと》だと学習したのに、バカか俺は！

「ふふふふ。だから私は植物の専門家よ？　この森に生えている植物でアリト君が欲しいものがあるなら、取り寄せることもできるわ」

この森に生えている植物なら取り寄せられる？　それもドリアードの能力か！

「そ、それは本当ですかっ！　じゃあ、こう、麦のような穂先《ほさき》に穀物《こくもつ》の固い粒《つぶ》が実る植物を知りませんか？　それを飼料に使っているところもあるって聞いたんですが！」

俺は思い切って、米がないかを聞いてみた。

リナさんは、王都から東の地域で見た気がすると言っていたが、ここら辺でも生えているかもしれないよな！

「え？　ええ、そういえば確か森の外れに生えていた気がするわね。では後で取り寄せるから、確認してちょうだい」

な・ん・で・す・と⁉

ある、だと‼

「やったぁーーーー‼　米だ！　米が食べられるかも！」

「……そんなに期待されると、違う物だったら悪いわね」

「いいえ違ってもいいですよ！　とりあえず可能性があるだけで嬉しいですから。お願いします！」

「ええ。では今晩の夕飯も、また美味しい料理の用意をお願いね？」

「はい！　頑張って作ります！」

石碑を読んで以降、少し気分が不安定になっていた俺のことを心配して、こうして他の話題を振ってくれているんだ。

そんな風に気を遣ってもらったお礼もしたいから、料理くらいいくらでも作ろう。

あ、それと。あの植物もあったら、色々お礼を作れるかな。

「すみません、実は他にも欲しい植物が……」

リアーナさんの家へと戻ると、やはりリナさんとレラルは帰りの遅い俺たちを心配していた。

お詫《わ》びの気持ちを込めて、おやつにはホットケーキを焼き、夕飯は豪華にした。

とりあえず、夜に一人になるまでは『落ち人』のことは頭の隅《すみ》に追いやって、皆の前では笑って過ごす。

和やかな食事を終えたら早めに部屋へ戻り、スノーのブラッシングを済ませた。

そしてカバンから例の紙の綴りを丁寧に取り出し、大きくなったスノーに背を預ける。

劣化を防ぐため、この紙の束《たば》を書いた倉持匠さんの魔力に重ね合わせるように、じっくりと魔力を練《ね》って覆ってから、そっと捲った。

二枚目からは、倉持匠さんがこの世界に来てからたどった人生、そして『落ち人』に関する調査結果が簡潔《かんけつ》にまとめられていた。

あまりに簡潔過ぎて、そこに込められた想いを考えずにはいられない。

倉持匠さんは二十七歳の時、プロポーズするための指輪を店で受け取った帰りに、この世界へ『落ちた』そうだ。

状況が何もわからないまま、死んでなるものかと『死の森』からなんとか村にたどり着いて、やっとここが異世界だと認めるに至《いた》ったらしい。

自分の姿が変わっていたことも、村に着いてから知った。倉持匠さんは俺と違って二十歳くらいの外見で、髪の色は白金、瞳も金になっていたそうだ。これは、光属性に強い適性があったからだろう。

それから自分が異世界から来たことがバレないように取り繕《つくろ》い、この世界のことを調べたそうだ。

そして俺と同じように、恐らく元の世界へ帰る方法はないだろうと漠然と感じながらも、やはり諦めることはできなかったという。

それはそうだろう。プロポーズをして間もなく結婚、という幸せの絶頂期《ぜっちょうき》にいたのだ。愛する人を日本に残し、諦めることなどできなかったに違いない。

その点、俺は元の世界への未練がなさすぎたのだが。両親とは離別《りべつ》し、祖父母は他界《たかい》してしまい、親しい友人もほとんどいなかったのだから。

寂しくなり、ついスノーに抱きついて毛並みに埋まり、もふもふを堪能《たんのう》してしまった。

倉持匠さんはその後、この世界のことを一人でなんとか理解し、ナブリア国の王都の図書館へ行ったらしい。

そこで、この世界には魔力濃度が異様に高い辺境の地があり、『死の森』もそれに当たると知った。そしてお金を得るために、回復魔法の特技を活《い》かして働いていた治療院《ちりょういん》で、自分のような存在は『落ち人』と呼ばれていることも知ることができたそうだ。

ここら辺は、今と違うのかもしれないな。今は『落ち人』の存在を知っている人はほぼいないようだから。

倉持匠さんは、自分以外の『落ち人』や元の世界へ戻る手がかりを求めて、辺境を巡る旅に出る。

そこまで来るのに五年かかったって書いてあるな。

……きっと、倉持匠さんもその時点で自分の体が成長しないことに気づいたのだろうな。そのことは、書かれてはいないけれど。

簡潔に綴られた文章からは、日本に残した家族や恋人を想う倉持匠さんの苦悩《くのう》が読み取れて、やり切れない気持ちになる。

それから先は、この大陸の西、南、東の辺境を調べて回って得た情報が書き綴ってあった。

残すは北の辺境のみとなり、この紙の束を記した時点では、『落ち人』を発見することはできず、『落ち人』がいたというわずかな手がかりを入手できただけだったそうだが。

そう。俺の予想通り、図書館で見たあの本の著者『クラウス』は、やはり倉持匠さんだった。

調査の旅は、西と南と東の辺境地を調べてからナブリア国王都へと戻り、調査内容を纏《まと》めて本を書いて図書館へ寄贈《きぞう》、それから北へ向かったそうだ。その途中にあるこのミランの森でリアーナさんと出会い、石碑とこの紙の束を託した、と。

報告書の最後には、この世界へ『落ちて』来た時のあの無機質な声について書いてあった。

あれは『この世界の声』なのか、それとも『全ての世界の秩序《ちつじょ》を司《つかさど》る者の声』なのか。もし元の世界へ戻ることができるなら、あの声の主が鍵《かぎ》になるだろう、と推測していた。

実は、俺も『死の森』の爺さんの家で、同じことを考えたことがある。でも俺には日本への未練がそこまでないし、声のことを考えてもわからないので、考察するのは止《や》めた。

いずれにしろ、北へ行けば倉持匠さんがどうなったかがわかるのだろうか……。『落ち人』の調査結果よりも、そちらの方が気になっている自分に気づいて、大きなため息が出た。

『アリト、大丈夫？　疲れたの？　ならもう寝るの。スノーと一緒に寝よう？』

「ありがとう、スノー。……そうだな、このままスノーのお腹で寝ようかな」

『うん！　一緒に寝るの！　早く寝よう、アリト』

俺の顔にすり寄ってきたスノーの喉を撫で、手を伸ばして耳をふにふにとする。大きな姿だと、この感触も一段といいな。

『クスクスクス。くすぐったいよー、アリト』

「そうか？　スノーの耳は気持ちいいよ。いや、スノーの毛は全部気持ちいいけれどな！」

そーれ！　と飛びついてスノーの毛に全身で埋まり、もふもふを楽しむ。

きゃっきゃと笑って転がるスノーに乗り上げたりして、しばらく戯《たわむ》れた。

「ありがとうな。スノーがいてくれたから、今の俺がいるよ」

『んんー？　何か言った？　アリト』

「いいや。もう寝ようかって言ったんだよ」

『うん！　寝よう、寝よう！』

この世界に『落ちて』来てから、ここでの生活に不満があるどころか、会社勤《づと》めをしていた時にはなかった充足感《じゅうそくかん》を得られている。

オースト爺さんやスノーにアディー、そしてガリードさんたちやリアーナさんにレラル。

俺が大事に思える人とも出会うことができた。

この世界のほうが大切な人が多い俺と、向こうの世界に帰りたかった倉持匠さん。

理不尽にも『落ち人』になってしまった人としては、どちらが普通なのか。

いや、普通なんて関係ないか。大事なのは、自分がどうしたいか、だよな……。

ぼんやりとそんなことを考えながら、スノーの心地《ここち》よい温もりに包まれて眠《ねむ》りについた。

◆　◆　◆

次の日の朝は、意外とすっきりした気分で起きることができた。

「おはようございます」

「はい。今日も朝ご飯作ってくれるの？」

「はい。ここにいる間は、俺が食事を作りますよ」

「そう？　ありがとう。アリト君のご飯、どれも美味しいから嬉しいわ。あ、そうそう。昨日あれからレラルの母親に手紙を出したわ。使いに出した鳥が返事を持って戻るまでには、何日かかかると思うの。その間、アリト君にこの家に滞在してもらいたいのだけれど、予定とかは大丈夫かしら？」

「はい、別に急ぎの旅ではないので大丈夫です」

予定、か。この森を出たら、どこへ行こう。

俺は、どうしたいのか……。

手早く朝食を用意し、皆で揃《そろ》って食卓を囲んだ。心の隅の焦燥感《しょうそうかん》は見えないふりをして。

そうして食後のお茶を飲んでいると、リアーナさんが驚きの発言をした。

「あ、そうそうアリト君。昨日言われた植物ね。見つけたわよ」

「ええっ！　どっちがありましたか？」

「ふふふ。どちらも、よ。ふわふわした物がついているって言っていた植物は、メラニカ草ね。あれは一定の魔力濃度以上の場所にしかない植物なのよ。この近くに群生地《ぐんせいち》があるから、良かったらこれから案内するわ。ちょうど今、収穫《しゅうかく》時期なの」

俺が追加でリクエストしたのは、綿《わた》である。王都で何かに使えるかと大きめの布を買っておいたので、予備の布団を作ろうと思ったのだ。

そして、リアーナさんは何かを取り出しながら言葉を続けた。

「それと、もう一つのお望みのものはこれかしら？　これはラースラという穀物なんだけれど、ミランの森の外れ、エリンフォード国境近くに群生している湿地《しっち》があるわ。これで間違いなかったら、あとで地図を描くわね」

これ、と言って渡されたラースラを身震いしながら受け取り、そっと実の部分を割って中身を取り出す。

そこから出てきたのはよく知る米粒だった。形は日本米よりも細長いが、確かに米だったのだ！

「こ、これ。これですっ‼　やったーーっ！　あった、やっぱり米があったんだ！」

「ふふふふ。合っていたのね。良かったわ」

「え？　ア、アリト君、どうしたの？」

『んんー？　アリト、どうしたの？』

「アリト？　それ、食べ物なの？」

突然叫び声を上げて興奮《こうふん》する俺に、リナさんが目を見開き、スノーも首を傾げている。

きょとんとしたレラルの言葉には、力いっぱい頷いた。

「そう、食べ物、食べ物なんだよっ！　主食になる穀物なんだ！」

「え、えーとアリト君。でも、それって飼料よね？」

俺の勢いに、リナさんがちょっと引いていた。

でもいいのだ！　米が食べられると思うだけで、かなりテンションが上がるからな！

「いいえ、リナさん！　これはキチンと料理すれば食べられるんです。飼料にしかされていないのは、恐らく皆さんが食べ方を知らないだけだと思います！」

「へ、へーえ、そうなのね」

炊飯器《すいはんき》なんてないから、鍋でじっくりと火を通す必要がある。多分『炊《た》く』という調理方法もこの世界にはないのだろう。

「くすくす。じゃあどうする？　かなり遠いけれど、湿地帯へ先に案内したほうがいいのかしら？」

「あ、いいえ。これの収穫時期はもう少し後のようなので。だからメラニカ草の群生地に案内をお願いします」

見本に渡されたラースラは、稲穂《いなほ》に粒は実っているが、恐らくもう少し育ったほうがいいだろうという状態だったのだ。

「わかったわ。では片付けをしたら行きましょうか」

よし、これでリアーナさんへのお礼も、布団の予備も作れるな。

「アリト君？　そのメラニカ草って何に使うの？」

「リナさんも一緒に収穫しに行きましょう。布団、作れますよ？」

「えっ！　あのアリト君の寝具《しんぐ》に入っているふわふわの植物なの？　行く！　一緒に行くわ！　私もあれ欲しいもの！」

リナさんも布団を気に入っているようだ。柔らかい寝具は一度味わったらやみつきになるよな。

「アリト、出かけるの？　わたしも一緒に行きたいな」

つんつんと隣の席からレラルに袖《そで》を引かれ、思わず頬《ほお》が緩んでしまった。

「うん、レラルにもお手伝いをお願いしようかな。そうと決まったら、さっさと片付けてしまおうか！」

それから出かける準備を整えて、リアーナさんにメラニカ草の群生地へ案内してもらった。

「うわ、す、凄い。これが精霊族、ドリアードの力、なのね？」

向かう途中、リナさんもリアーナさんが進む先の木々が避けていく様《さま》を見て、唖然《あぜん》としていた。

「俺も昨日初めて見た時はかなり驚きましたよ。他にも、この森の植物を取り寄せることができるそうなので、メラニカ草とラースラを探してもらいました」

「そうだったのね。でも本当に凄いです。エリンフォードに生まれましたが、精霊族の方にお会いしたのも、そのお力を拝見《はいけん》するのも初めてで……」

「ふふふふ。もうすぐ着くわよ。全部収穫してもかまわないわ。私が後で、来年も生えてくるように調整するから」

「ありがとうございます！　この先また見つかるかどうかわからないので、お言葉に甘えて張り切って収穫させてもらいます」

旅の間は見なかったし、限られた場所にしか生えないなら、次にいつ採れるかもわからないのだ。

「わたしも頑張って収穫するね！」

『アリト！　スノーも何か手伝いたいの！』

「ああ、レラルも収穫お願いな。スノーは俺たちが収穫している間、周囲の警戒を頼むよ。魔物とかが近づいてくるかもしれないし」

「うん、頑張る！」

『わかったの！　スノー、頑張って見張るの！』

スノーにまたがるレラルに思わず手を伸ばし、頭を撫でてしまった。

移動をするのに、獣化《じゅうか》してついて来るかどうか迷っていたレラルを、俺がスノーに頼んで乗せてもらったのだ。

最初はレラルも戸惑《とまど》っていたけれど、スノーのもふもふな毛並みに埋まって今は気持ちよさそうにしている。

『レラルは、アリトのこと乗せない？』

「？　わたしはアリトを乗せられないよ。そんなに大きくなれないってお母さんが言ってたし」

『そっか！　じゃあやっぱり、アリトを乗せるのはスノーなの！』

そんな会話をして、無事に二人も打ち解けたみたいだ。

仲良く遊んでいる姿を見ると、もう可愛すぎてどうにかなりそうだぞ！

「さあ見えてきたわよ」

「うわぁ、凄い！　あれがアリト君の言っていたメラニカ草なのね！　キレイ！」

一気に視界が開けると、目の前には一面のメラニカ草原が広がっていた。

ふわふわとした白い実が風に揺《ゆ》らめいて、木々の間に開けた空間を白く染め上げている。

「うん、凄いですね。俺もこんな群生地は初めて見ました」

「ふふふ。じゃあ私は戻るわね。ここまでの道は開いたままにしておくわ。採り終わったら戻っていらっしゃい。スノーちゃんがいれば危険はないわよね」

「はい。ありがとうございます。夕方前には戻りますので」

「ええ。じゃあ頑張ってね」

それからは張り切って綿を集めて回った。

レラルは背が低いのでメラニカ草の間に隠れてしまう。それでも楽しそうにぴょんぴょん跳ねながら収穫するレラルを、スノーは周囲を警戒しながら見守っていた。

日が傾いてきた頃に、やっと群生地の三分の一くらいを収穫することができた。

今日はここまでにして、戻ることにする。

「ねえ、アリト君。この後はどこへ行くか決めたの？」

帰り道にリナさんに尋ねられ、一瞬言葉に詰まった。

「……そうですね。すぐ、かどうかはまだ決めていませんが、北の辺境にはいつか行かなければ、と思っています」

今すぐ倉持匠さんの足跡を追って、北へ真っすぐ向かうという覚悟はまだ持てなかった。

俺の中で、早く知りたい気持ちと、『落ち人』の真実に近づく不安がせめぎあっている。

けれど、いつかは必ず覚悟を決めて北へ行き、倉持匠さんの足跡を最後まで追いたいと思っている。それは本心だ。

せめて、託された想いに応《こた》えるために。

俺は同朋《どうほう》として知らなければいけない、と思うのだ。

「……ねえ、アリト君。じゃあこの森を出たら、そのまま東へ、エリンフォードへ一緒に行かない？　アリト君もいつかはエリダナに行くって言っていたわよね。ラースラの群生地もエリンフォードの国境近くにあるみたいだし、ちょうどいいと思うの。私が行くのはエウラナだけれど、エリダナは隣街だし、そこまで案内するわよ」

「そう、ですね。それもいいかもしれません」

アルブレド帝国を通らずに北へ行くのなら、エリンフォードの森を抜けて迂回するのがいいだろう。

「ね、考えておいてね」

「わかりました。ここを出る前に決めます」

それから戻って夕飯を作って皆で食べて、夜は倉持匠さんの紙の綴りを写した。

翌日も、翌々日もメラニカ草の群生地に行って全部収穫し、夜は調査結果を写す。

その次の日は、リアーナさんに滞在のお礼としてプレゼントする布団とクッションを縫《ぬ》った。

リアーナさんの家に滞在して七日目、レラルのお母さんからの返事が届いた。レラルを連れて行っていいとのことで、俺たちは喜び合う。

そうして滞在の終わりが近づいてきた頃、リナさんに俺も一緒にエリンフォードへ行く、と告げたのだった。

第五話　エリンフォードへ

「倉持匠さん。必ず、貴方の足跡を追って訪ねていきます」

紙の綴りに丁寧に魔力で劣化防止を施《ほどこ》し、それを石碑の下へ戻す。

そうしてから石碑と向き合い、文字を指でなぞりつつ、俺は言葉をかけた。

「俺はこの世界で生きます。ここで出会った、大切な人たちと一緒に。だから——」

暮石でもないのに、ついそんなことを言ってしまった。

倉持匠さんはここに立ち寄っただけだというのに。

どうも感傷的《かんしょうてき》になり過ぎている。一度首を振って気を取り直し、石碑に一礼して広場の入り口で待ってくれているリアーナさんのもとへ戻った。

「もういいのね？」

「お願いします。……それと、もし俺の他にも『落ち人』がこの森へ来たなら、ここへ案内してあげてください。倉持匠さんの望み通りに」

「ええ、わかったわ。じゃあ封鎖するわね。これを解けるのは私だけで、勝手に利用されたりもしないから安心してね」

「はい」

不思議な色あいの木々にゆっくりと覆われていく石碑を見送り、そっと目礼《もくれい》をした。

「じゃあ戻りましょうか。レラルの支度が終わったら、アリト君も明日にはエリンフォードへ出発するのよね？」

「はい。エリダナへは旅に出た時からいつか行こうと思っていましたし、オースト爺さんにも必ず寄るように言われていますので」

「そう。懐かしいわね、エリダナも。じゃあ、私もキーリエフへ手紙を書こうかしら。どうせオーストが紹介状を書いた相手は、キーリエフでしょう？」

「ええ、確かそうです」

「ふふふ。昔はオーストとキーリエフと三人で、霊山や森へよく行ったわ。ちゃんとこのミランの森独自の薬草と植物も用意してあるから、持って行ってちょうだいね。ラースラの群生地への地図も描いておいたわ」

「ありがとうございます。リアーナさんにはすっかりお世話になりました。レラルがいなくなってしまったら寂しくなりますね」

「いいのよ。私にはこの森があるもの」

そう笑って両手を広げたリアーナさんの周りで、木々がきらめいて柔らかな光を放った。森が息づいているように見える。

ああ、本当にキレイだ。美しいものに感動するのは、どの世界でも一緒だよな……。

レラルは母親から許可が出て、無事に俺と一緒に旅をすることになった。

その条件として提示されたのは、人前では獣姿でいること、そして俺の従魔になること。

妖精族は珍しい上に、なかでもケットシーはかなり希少《きしょう》なので、姿を見られたら攫《さら》われてしまう危険性がかなり高い。

ましてや、レラルは魔獣との混血だ。そのことがバレでもしたら、大変な騒ぎになるだろう。

それでも許可してくれたのは、レラルの意思を尊重《そんちょう》し、また俺がオースト爺さんの保護《ほご》下《か》にあるから信用してくれたのだと思う。

俺宛のレラルの母親からの手紙に、くれぐれもよろしくお願いいたします、と書いてあった。

離れて暮らしていても、心の底からレラルを想っているのだと伝わってきた。

だから、俺は全力でレラルのことを守ろうと思う。

リアーナさんも何かあったら鳥で手紙を送ってくれるらしいし、俺もアディーに頼めば手紙を届けることができる。レラルの母親とも、それで連絡を取ることは可能だろう。せめて、レラルの近況は手紙で定期的に知らせようと思っている。

レラルとの契約は昨日行い、レラルの額《ひたい》に手を寄せながら、心の中で彼女の母親にレラルのことを全力で守ると約束した。

契約が済むと、レラルは笑顔でよろしくお願いいたします、と言ってくれた。

契約をしたことで、獣姿の時にもレラルと念話で会話することができるようになった。これで旅の間も繋がっていられるから安心だ。きっと、レラルの母親もそれが目的だったのだろう。

「ただいまー。どう？　レラル、準備は終わりそう？」

「おかえりなさい、アリト！　うん！　アリトがくれたカバン、いっぱい入るから全部入れられたよ！」

「そうか、良かった」

俺はレラルの母親からの返事を待つ間、夜は倉持匠さんの綴りを写し、息抜きがてらリアーナさんとレラル用にカバンを作ったのだ。リアーナさんにはすっかりお世話になっちゃったしな。

どちらも肩掛けカバンだが、レラル用は獣姿でも持てるように小さめになっている。

リュックサック型でもいいかと思ったけれど、獣姿で背負《せお》っていては目立つだろうと思って止《や》めた。リアーナさんが翠色の革で、レラルのは赤茶だ。

その他にも、レラルが従魔だと一目でわかるように、マントのようなものをレラルのカバンと同じ革で作った。獣姿になった時はこのマントにカバンが隠れるから、目立たないだろう。

レラルは獣姿だと、中型犬よりも少し大きいくらいだが、魔獣チェンダとの混血だから か背中にうっすらと豹柄《ひょうがら》がある。

俺的には可愛いだけだが、やはり目立ってしまうので狙われる危険性がある。マントは、その豹柄を隠すためでもあった。

レラルはカバンもマントも気に入ったらしく、早速身につけてくれた。

どうー、似合うー？　とクルクル回って見せてくれた姿に、もう俺のほうがくらくらだった。

だからその後、撫でまわしてしまったのは仕方がないことだ。まあ、横でリナさんも蕩けていたけどな！

「よし、じゃあ予定通り明日はエリンフォードへ向けて出発しよう。レラルもそれで大丈夫かな？」

「うん！　おかあさんにも行って来ますの手紙を書いたよ！　リアーナが送ってくれるって！」

「じゃあ、リアーナさんへの贈《おく》り物を皆で渡そうか。ね、リナさん」

「そうね、じゃあ持ってくるわ」

「贈り物？　何かしら？」

布団とクッションを皆で縫って、クッションにはリナさんが葉っぱと蔓をモチーフにした刺繍《ししゅう》まで入れてくれたのだ。

リナさんのおかげで、かなりいい出来になった。

俺の場合、カバンのデザインとかは日本で見たのを一生懸命《いっしょうけんめい》思い出して再現しているが、リナさんはもともとのセンスがいい。

「「「お世話になりました。ありがとうございました！」」」

そう声を揃えて、全員で布団とクッションを渡した。

「まあ、これは？」

「メラニカ草のふわふわを詰めて作ったものです。葉っぱを積み上げて布をかけたクッションも素敵ですけど、よければこれも使ってみてください」

そう言われ、リアーナさんが布団とクッションの感触を確かめると、目を見開いた。

「まあ！　ふわふわ！　これはいいわね。刺繍も素敵だわ」

ふふふ、と手に取って微笑んでくれた。

正直《しょうじき》、これくらいしかお礼を思いつかなかったので、喜んでもらえて良かったよ。

三人で顔を見合わせて、やったね、と笑いあう。

「ありがとう。大事に使わせてもらうわね」

「はい。では、今晩は美味しい料理をたくさん作りますね！　期待して待っていてください！」

そう言うと、みんなから歓声《かんせい》が上がった。

これは腕によりをかけて作らないとな。

最後の夜は、リアーナさん用に野菜を一杯使った料理と、レラルが好きな肉料理を並べた。デザートには甘いパンもどき。

どの料理も皆、喜んで食べてくれたぞ。

リアーナさんには、調味料各種を少しずつおすそ分けもした。

お返しに、と、リアーナさんからはミランの森独自の薬草をどっさりと貰った。

あと、ラースラの群生地までの道に生えている薬草の場所も教えてくれたぞ。

皆でわいわい話して、楽しい気分のまま眠ることができた。もちろん、寝る前はスノーをたくさんブラッシングしてもふもふしたよ！

◆　◆　◆

次の日。

「じゃあ気をつけて。アリト君たちならここら辺の魔物に襲われても大丈夫だと思うけれど、油断しないようにね。それとアリト君、これをキーリエフへ渡してもらえるかしら。あと一応、オーストへの手紙も書いたわ」

「はい、ありがとうございます。手紙、預かります。オースト爺さんへはたまに荷物を送っているので、その時に一緒に送りますね」

「ええ、それでいいわ。それと、これはアリト君に。アリト君の用件は別だったけれど、オーストが何を研究しているのかをちょっと書いてみたの。……この森は、私が作ったって前に話したわよね。長年かけて周囲の土地の魔力を集めて留《とど》めることで魔力濃度を高め、それに合わせて森を広げたのだけど。土地の魔力濃度と、魔物や魔獣との間に相関関係があることは、アリト君もオーストと一緒にいたから少しは感じているわよね。そこらへんに興味を持ったら読んでみて」

……オースト爺さんの研究内容について、詳しい話は聞いたことがなかった。

やはりオースト爺さんが『死の森』に住んでいるのは、隠棲の他にも理由があるのだろうか？

「……ありがとうございます。今はとりあえず自分のことで手一杯ですが、落ち着いたら読ませてもらいます」

オースト爺さんには恩があるし、本当に第二の祖父という感じがしている。

何か俺にも少しは力になれることがあるなら、手伝いたいけれど……。

旅の目的である『落ち人』について一区切りついたら、その後のことも考えないといけないな……。

「リナさんも気をつけて。レラルもちゃんと人に変化《へんげ》を見られないようにするのよ？　何かあったらきちんと母親と私のところに連絡を入れなさい」

リナさんは、リアーナさんに一礼した。

「ありがとうございました。私はアリト君について押しかけてしまったのに、大変貴重な薬草までいただいて」

「気にしないで。私も久しぶりにエリンフォードのことを聞けて楽しかったわ。ここは辺《へん》鄙《ぴ》な森だけれど、よかったらまた訪ねてきてちょうだいね」

「はい、ありがとうございます」

「リアーナ、ありがとう！　ちゃんと変化を見られないようにするよ！　手紙も書く。アリトと一緒に行ってくるね！」

「ふふふ。いってらっしゃい。ここは貴方の家でもあるのだから、いつでも帰ってきなさいな」

元気に手を上げてバイバイしたレラルを、リアーナさんは屈《かが》んで笑顔で撫でる。

その優しい微笑みを見て、またここら辺に来たら、絶対に顔を出さないとと思った。

「「じゃあ、行ってきます！」」

「はい、行ってらっしゃい。元気でね」

「「はい！」」

家の前で見送るリアーナさんの姿が見えなくなるまで、何度も振り返っては手を振った。

リアーナさんと別れてしょんぼりするレラルを俺が抱き上げると、レラルは尻尾を手に絡めてぎゅっと抱きついてきた。

「また、リアーナさんに会いに来ような、レラル」

「うん。うん、会いに来るよ」

背中をゆっくりと撫でながら抱きしめる。

レラルにとって、リアーナさんは第二の母親みたいなものだろう。

そのリアーナさんと別れて俺と来ることを選んでくれたレラルが、いつでも笑っていられるようにしようと改めて決心した。


エリンフォードへ向けて出発し、レラルの獣姿でできることなどを確認しながら、無事にミランの森の外れまで来た。

そうして今、目の前にあるのは！

広々とした沼地《ぬまち》のような湿地帯なのだ！

そこには黄金色《こがねいろ》に実る穂をつけた稲《いね》が！　いや、ラースラが一面にあったのだ‼

『ねえ、アリト？　なんで踊《おど》っているの？　スノーも一緒に踊るの！』

「あーっ！　レラルも踊る！　こう、かな？」

「……アリト君。私も踊ったほうがいい？」

はっ！　俺、無意識のうちになんちゃって盆踊《ぼんおど》りをしていたのか⁉

恐る恐る後ろを振り返ると、スノーはリズムをつけて二本足で立ったりジャンプしたりし、レラルは二足歩行の姿に変化して「こう？」と手を振りながらぴょんぴょん跳んでいた！　うっ。可愛くて鼻血が出そうだ！

「すみません、落ち着きました！　ああでも、スノーとレラルは可愛いから踊っててもいいぞ！」

「これがラースラよね？　そんなに踊り出すくらいに嬉しいものなの？」

「はいっ！　俺にとってはずっと欲しかったものなんです！」

俺はリナさんに答えて、あれこれと考えを巡らせる。

「種籾《たねもみ》をとっておけば来年も食べられるよな。それにはまずは水田《すいでん》に適切な場所を確保しないと。もしちょうどいい土地がなくても、いざとなったらオースト爺さんと研究して、魔力でどこでも育つように品種改良すれば……ふふふ」

そう、どこにも米が売っていないなら、自分で作ればいいんだ！　俺が目指すのんびりスローライフには、水田も必要だよな。

「ア、アリト君？　あの、アリト君の想いはわかったから。とりあえず収穫するんでしょう？」

「そうでした！　すみません、ちょっと待っててください。パパっと魔法で収穫してみます！」

本当は丁寧に刈り取りたいところだが、刃物はナイフしかないし、時間がかかるからな。風魔法はアディーに鍛《きた》えられて結構使えるようになったのだ。ここは一気にやってみよう！

『アリト、何かやるの？　スノーも手伝う？』

「うん、俺がラースラを刈って風で飛ばすから、スノーはそれを風で集めて積み上げてくれるか？」

『うん、わかったの！　頑張るの！』

「ありがとう。じゃあやってみるぞ！」

「ええ？　本当に魔法でやるの？」

アディーの修業は、きっとこのためにあったのだ。頑張るぞ！

では、魔力を集中して……。

目を閉じて体内の魔力を循環《じゅんかん》させた後、手に集めて濃度を上げていく。

そのまま吹き抜ける風を感じて捕まえ、イメージを固めて……。

「それっ！」

目を見開き、見える範囲のラースラの背丈を意識して、ウィンドカッターを広範囲に展開した。その際、下から上へと風を吹き上げるイメージで。

「よしっ！　スノー、補助を頼むっ！」

『うん！　いっくよーっ！』

ウィンドカッターで刈り取った後、即座に舞い上げたラースラを、スノーが展開した風魔法で俺たちがいる場所へと引き寄せた。

「スノー、上手《うま》いぞっ。そのまま頼むっ！」

『はーいっ』

続けて湿地帯中のラースラを刈り取った。

刈り取られたラースラの山の前で、満面の笑みを浮かべる。

リアーナさんが全部刈り取っても、来年も生えるように調整してくれると言っていたので、遠慮《えんりょ》せずに全て収穫した。

「な、なんかアリト君といると普通を忘れそうだわ。こんな規模で魔法を発動させるなんて、見たことも聞いたこともないわよ」

「え？　だってミアさんの攻撃魔法って、もっと広範囲で派手《はで》でしたよね？」

一度だけミアさんが見せてくれたけれど、あれはヤバかった。

いくら風魔法の修業をしたからといって、俺にはミアさんのような強力な魔法は展開できない。せいぜい今みたいに、風の刃を広範囲に発生させるくらいだ。

「攻撃魔法は基本発動したら終わりなのよ。でも、今アリト君は細部《さいぶ》までコントロールして発動していたわよね？　あんなの、普通はできないわよ。私も風魔法は得意だけれど、広範囲にわたって制御するのは難しいわ」

「まあ風魔法については、アディーに扱《しご》かれていますから」

それに、俺の魔法のイメージはオースト爺さんに見せてもらったものが元だからな……。

「では、ラースラを処理してみますので、もう少し待っていてください。終わったら食事の支度をしますね」

本当は稲を束にして干して、水分を飛ばしてから脱穀《だっこく》、選別、籾摺《もみず》りして精米《せいまい》するのだが。

祖父の家には畑も田んぼもあったから、そのへんの知識はある。

だが道具はないから、魔法でやるしかない。

「どうせなら藁《わら》も使いたいよな」

熱を加えると藁が燃えそうだし、水分を抜いて乾燥《かんそう》させるイメージでやってみるか。

「よし。とりあえず少しだけ試《ため》しにやってみよう」

ラースラの山から少し取り分け、魔力を練ってイメージを固める。

「それ！」

ぶわっとイメージ通りに魔力を発現させ、ラースラを包み込む。

すると、みるみるうちに乾燥していった。

とはいえ、水分もある程度残さないと……。

「こんなもんか？　よし、脱穀して確認してみよう」

籾《もみ》を触って魔法を調整すると、今度はカバンから網目《あみめ》の粗《あら》い籠《かご》を取り出し、手に持ったラースラの束に魔力を通して籾だけ落とす。残った藁は束にしてまとめておいた。

次に、籠の中で風魔法で転がして籾摺りをし、玄米の状態にする。

あとは精米だ。これも風魔法で外皮《がいひ》を削《けず》っていく。すると、やがて白い米が顔を出した。

「やった！　成功だ！　米だ、米！」

精米された米は、日本米よりもタイ米に近く、細長かった。食べてみなければ味はわからないが、米には違いない。

米の乾燥具合も大丈夫なのを確認し、種籾分だけを残して全部玄米の状態まで一気に加工する。

「よーし！　スノー、ラースラを俺の腰の高さ分くらいまで持ってきてくれ。あと、この藁の束をそっちに重ねて置いてくれるか？」

『わかったの！　お手伝い、お手伝い！』

スノーが風でラースラを運び、脇に置いてある藁の束を離れたところに積む。

それからはどんどんスノーと二人で作業をし、麻袋にたっぷり入った玄米と藁の山、小さめの袋いっぱいの種籾ができ上がった。

「リナさん、レラル、お待たせしました！　これで作業は終わりましたが、もう日暮れまで時間がないですし、今日はここで野営でいいですか？」

稲刈りに乾燥、脱穀に籾摺りに精米までしたから、結局半日近くかかってしまった。今はもうかなり日差しが弱くなっている。

「そうね。そうしましょうか。たまにはのんびりしたいからいいわよ。私もレラルちゃんと薬草を採っていたしね」

「うん。頑張って採ったからアリトにあげるね」

はい、と言いながら、にぱぁっと笑顔で、カバンから薬草の束を出して俺に渡してくれた。

「レラル、ありがとうな！　美味しいご飯作るから、もうちょっと待っていてくれ」

抱き上げて、レラルの短毛だけどビロードのような手触《てざわ》りを堪能する。手に絡む尻尾のもふもふも味わえて最高なのだ！

『えーっ！　スノーもお手伝い頑張ったの！　アリト、なでなでしてー？』

ぐりぐりと背中に頭をこすりつけてきたスノーも抱き込んで、思いっきり撫でまわす。

もう、やきもちをやいてくれるなんて、うちの子可愛すぎる！

「ありがとうな、スノー。寝る前にいっぱいブラッシングもするからな！」

『えへへへへー。スノー、えらい？』

「うん、えらいぞ、スノー。助かったぞ！」

レラルもスノーに乗せて一緒に撫でまわしましたとも！

それから張り切って、久々の和食風料理を作った。米は土鍋《どなべ》で炊く。

土鍋はオースト爺さんのところにいた時に作っておいたものだ。

「うおーーっ！　米だ白米だっ！　うん、ちゃんと米の味だよ」

「へえええー。ラースラって固いから飼料にしかならないって聞いていたけど、料理するとこんな味なのね」

「これ、お肉とも合うよ！　美味しいね、アリト！」

今日のおかずは米に合うように、シオガでそれ風に味付けした肉じゃがと生姜《しょうが》焼き、それに野菜たっぷりのすまし汁風スープだ。あとはとっておきの魚の干物《ひもの》も奮発《ふんぱつ》して焼いてみた。

土鍋で炊いた米は、日本米ほどの甘さや粘《ねば》り気《け》はなかったが、ボソボソしているわけではなく、固めだが噛み締《し》めればほんのり甘みを感じる。

土鍋を開けた時にふんわり広がった米の炊けた匂いには、思わず涙ぐみそうになったよ。

「ラースラの食べ方を知らなかっただけなのね。中身が白い粒だなんて、多分知られてないわよ？」

「そうでしょうね、精米には手間がかかりますし。主食になるので、今度からパンと米の両方を作りますね！」

「うん、これ、美味しいから嬉しいよ。お肉の汁がかかったとこ、美味しい」

「そうそう、レラル。おかずと一緒に食べるのが米の醍醐味《だいごみ》なんだ！」

お行儀《ぎょうぎ》悪いが、汁ごと肉じゃがを載せて一緒にがーっと掻《か》き込む。かつお出汁《だし》はないけれど、これはこれで美味しいな。次は出汁にこだわろう。昆布もどこかにあるといいが。

こうして、念願《ねんがん》の米を手に入れることができた。

飼料としてエリンフォードでも売っているそうだから、行く楽しみが増えたな。

さあ、国境を越えてエリンフォードを目指そう！

第二章　エリンフォードの国

第六話　出会い

翌日、俺たちはそのまま東へと道なき道を進んだ。

そして、ナブリア国とエリンフォードとの国境になっている山にたどり着く。

「この山を越えればエリンフォードよ。どうする、アリト君。山越えの街道はここから南へかなり行かないとないのだけれど」

「この山はそれほど高くないので、アディーとモランに道案内を頼めば街道まで行かなくても越えられるでしょう。このまま山を越えませんか？　色々と薬草も採れそうですし」

国境といっても、見た限りでは高く険《けわ》しい山脈という感じではなかった。

それでも獣道さえなく、誰も入らない山であることは一目でわかる。

歩くのは大変だが、スノーもいるし危険はそれほどないだろう。レラルも人の目がなければ、自由に過ごせるしな。

「そうね。山越えは魔物のことを考えると危険だけれど、アリト君たちがいるなら大丈夫よね」

「では、空から登りやすい場所を探してもらって、その間に早めですが昼食にしましょうか」

「ええ。私からモランにも頼むわね」

『アディー。すまないが、歩きで越えやすいルートを探してくれないか？　見つけたら道案内も頼む』

『仕方がないな』

『うん、ありがとう、アディー』

　アディーの態度はいつもそっけないが、頼みを断られたことはないし、何かあればいつでも忠告してくれる。本当に頼りになるのだ。

「では、パパっと昼食の支度をしますね！」

　山の方へと飛んで行ったアディーを見送り、カバンから出した食材と採取した野草などで調理にとりかかる。米も食べたいが、炊くには時間がかかるから夜だな。

「用意できましたよ。食べましょう」

「本当にアリト君は手際《てぎわ》がいいから外でも料理が早いわよね。しかも美味しいし」

「うん。アリトのご飯美味しいから好きだよ」

そう褒《ほ》められつつ食事をとっている間にアディーとモランが戻ってきて、ここから少し南に行った場所なら山を越えられるだろう、と報告してくれた。

「では、そこに着いた時間を見て、そのまま野営するか、山に入るか決めましょうか」

俺が提案すると、リナさんは頷く。

「そうね。そうしましょう」

それからアディーとモランの案内で南に向かい、まだ日が高かったため、そのまま山を登り始めることになった。

草をかき分け枝を切り払いながら登ることになったが、アディーとモランのおかげで今のところ順調だ。

レラルは獣姿で、楽しそうにスノーと一緒に歩いている。

「誰も入らない山は歩きづらいですが、その分、薬草がたくさん採れましたね。日が暮れてきたので、そろそろ野営の場所を探してもらいましょう」

「そうね。山の薬草は貴重だから、夢中で採ってしまったわ」

リナさんの同意を得て、俺はアディーに念話を送る。

『アディー、ここら辺で野営できる場所を教えてくれるか』

『わかった……こっちだ』

「リナさん、レラル。アディーが案内してくれるそうです。ついて行きましょう」

アディーが先導して木々の間を飛んで行くのを、障害になる枝を払いながら追いかける。

まったく手入れされていない山は、木の根や生《お》い茂《しげ》った草など、気を抜けば足を取られるものが多い。

それでもアディーを見失うことはなく、無事に少し開けた場所に出た。

「ありがとう、アディー。助かったよ。あとはここら辺の偵察もお願いな」

『まったく。自分でも警戒を怠《おこた》るなよ』

ぶつぶつと言いながらも引き受けてくれるアディーには、感謝しかないな。

それにしても、山の天気は変わりやすいと言うが、今、空を見上げても雲はなく、雨の心配はなさそうでちょっとホッとした。

山で心配なのは、天気と最近の冷え込みだ。

「今日はご飯と温かい物でも作るか」

米を軽く研《と》いで土鍋に水を入れ、少し置いておく。やはりある程度水に浸《ひた》しておいたほうが美味しいだろうからな。

その間に水を入れた鍋を火にかけ、野菜の下ごしらえをしてから、ちょうど沸いた湯の中に投入する。

乳が手に入れば、クリームシチューとか作れるのに。

ああそういえば、まだデミグラスソースもどきは残っていたか。それでビーフシチュー風にしよう。牛っぽい味の肉を大きく切り分けて、と。あとは鶏《にわとり》っぽい味の肉をシオガに浸《つ》けておくか。

鍋の中の野菜に火が通ったところで一度火を止め、結界用の魔力結晶を設置するために立ち上がる。

「レラル。コンロの火は止めたけれど、一応見ていてくれな。すぐ戻ってくるから」

周囲の地形を確認しているリナさんを見て、レラルに火の番を頼む。

「うん。寝やすいように、魔法で地面をならしておくよ」

「お願いな」

偵察から戻ってきたアディーを伴《ともな》って、位置を確認してもらいながら地面に埋めていく。ついでに、障害物となるような周囲の背の高い草だけを刈った。

「よし、これで最後だな。さあ、戻って夕ご飯を仕上げてしまうか」

最後の魔力結晶を埋め、軽く魔力を注いで正常に作動するのを確認してから戻ろうとした時。

『アリト、多分人だと思うが、近くをうろついているものがいる。どうする?』

「え?　こんな場所に?　その人は何をしているんだ?」

アディーに言われ、少し驚いて問い返した。

『……何かに追われているのか？　だが、体力がないのか、ヨロヨロしている』

「おい、大変じゃないか！　アディー、案内してくれ」

カバンから弓を取り出して肩に掛けると、先導するアディーを追って駆け出した。

転ばないように注意しながら、木々の間をすり抜けるように走る。

『どこだ、アディー』

『もうすぐだ』

もうすぐ？　と、辺りを見回したところで悲鳴が届いた。

「きゃあっ！」

「‼　魔物か、アディー！」

緩やかな斜面《しゃめん》の木々の間から、アディーが急降下するのが見えた。

そこにあったのは、小さく蹲《うずくま》る人影と、突進してくる猪《いのしし》のような獣の姿。

俺はそれを見た瞬間に矢を射ていた。

走りながら練っていた魔力を乗せた矢は、風切《かざき》り音を立てて進み、獣の鼻に当たる直前に眉間《みけん》へと進路を変える。

ビシッ！　ズジャシャァァアアッ。バキバキバキバキ。

「ひぃいいっ！」

アディーの起こした風で獣がよろめいたところに矢が刺さり、大きな獣は草と若木をなぎ倒して緩やかな斜面を滑《すべ》り落ちていった。

その倒れた獣が蹲る人影の右脇を抜けたことを確認して、もう一度とどめを刺すべく弓を構えると。

シュパァッ。

アディーの翼から放たれた風が、獣の首を切り裂いた。

血を噴き出し痙攣《けいれん》した獣がもう動かないことを確認すると、ゆっくりと人影のもとへ向かいながら声をかける。

「ええと、大丈夫ですか？　獣は倒したから安心してください」

「へ？　あ、人？　あ、あの、私、あの」

「うん、落ち着いて。もう大丈夫だから」

返って来た声がまだ若い女性のものだと気づき、地面に伏《ふ》せたままで震えているその人を怯《おび》えさせないように近づいた。

恐る恐る身体を起こした女性を、隣に屈んでそっと覗き込む。

「!!」

身体の小ささから見当はついていたが、そこにいたのは小柄な少女だった。

暖《あたた》かな若草色の髪に鳥の羽の耳を持ち、大きな金茶の目をしている。

透き通った肌の白さが、リアーナさんを思い起こさせた。

耳も羽だし、精霊族の子どもなのか？

「え、えっと。あの、助けて、くれたのですか？　ありがとう、ございます。もう、ダメかと思いました」

「ああ、いや。アディーが貴方に気づいたので。間に合って良かったです」

アディー？　と小首を傾げた彼女に、近くの木にとまっている本人を指し示す。

「……ウィラール？　凄い。霊山の奥にしかいないって、本に書いてあったのに」

アディーを見て、ほう、と微笑んだ彼女の身体はもう震えていなかった。

それを確かめた後、羽織《はお》っていたローブを少女の背にそっとかけて立ち上がる。

「そこで休んでいて。あれを解体しちゃうから」

「は、はい。すみません、ありがとうございます」

恐らく、山を歩くうちにどこかで上着《うわぎ》をなくしたのだろう。

少女は長袖《ながそで》のひざ丈《たけ》のワンピースの上に腰丈《こしたけ》のチュニックを重ね、下はズボンに革のブーツという恰好《かっこう》だった。これでは夜になると寒さで凍《こご》えてしまう。

今着ている服には、必死で逃げるうちに枝に引っ掛けたのだろう、ところどころほつれて葉っぱや木の枝がついていた。

「聞いてもいいかな？　どうしてこんな場所にいたんだ？　俺は連れと一緒に薬草を採りながらこの山を越えて、エリンフォードへ向かう途中なんだけれど」

一応、少女から見えないような位置に移動し、手早く獣を解体しながら話しかける。

「あの、私はエリンフォード側《がわ》の、この山の麓近くに住んでいるんです。亡《な》くなった母の代わりに山の見回りをしていて……。普段は木と一体になって気配を殺しているから襲われたりはしないのですが、うっかり気づかれてしまって。なんとか逃げられたものの、夢中で走っていたので道も見失い……。彷徨《さまよ》っていたら、その獣に襲われてしまったんです」

「それは大変だったね。もう夜になるから、今晩は一緒に野営するかい？　他にエルフの女性もいて、俺一人じゃないから安心して。明日はこの山を越える予定だから、家まで送っていくよ」

「……すみません、助けていただいたのに。もしそうしてもらえるのなら、とても助かります」

「いいって。じゃあ決まりだな」

そう言って、俺は解体に意識を集中する。

皮を剥《は》いで内臓の処理を終え、風魔法で骨ごと肉を適当に分断してカバンに突《つ》っ込《こ》んだ。

最後に血の跡に浄化魔法をかけて痕跡《こんせき》を消してから振り返る。

「よし、お待たせ。怪我とかは大丈夫？　俺は薬師見習いだから治療もできるけれど」

「あ、大丈夫です。さっき転んでしまっただけですから」

「痛みが出るようなら、連れの女性のリナさんも薬師だから遠慮なく言うといいよ。もう歩けそうかな？」

「はい、おかげさまで落ち着いてきました」

そう言ってゆっくりと立ち上がった彼女の動きを見て、大きな怪我はなさそうだと確認する。

「じゃあ行こうか。アディー、野営場所まで先導してくれるか？　ゆっくりお願いな」

「ヒューイッ」

多分、この女性に気を遣ったのだろう。一声鳴いて飛び立ったアディーの後ろを、少女の様子を見ながらゆっくりと歩く。

彼女の様子を見るに、恐らく半日近くは山を彷徨っていたのだと思う。

重い足取りの少女に合わせて歩きながら、目についた薬草や野草を採っていく。

「凄いですね。一目で薬草や使える野草を見分けられるなんて」

「慣れているからね。いつもこうやって道じゃない場所を移動して、採取しながら旅をしているんだ。……あ、もしかして摘《つ》んではダメだったかな?」

母親の代からこの山の見回りをしているなら、彼女は採取を快く思わないかもしれない。

「いいえ。必要な分の恵みを得るのは当然のことですから。採りつくさなければ、自然は再生しますので。それに、この山を私有しているわけではないので気にしないでください」

少女はそう言って、にっこり微笑む。

「明日私が見知った場所に出れば、珍しい植物が生えている場所もわかりますので、助けていただいたお礼に案内しますね」

やっぱり、どことなくリアーナさんに近いものを感じるよな。

ここで突っ込んで聞くことじゃないから、とりあえずは落ち着ける場所に行ってから、話してもらえるようなら聞いてみるか。

「ありがとう。あ、見えてきたよ。あそこが今晩の野営場所だ。みんなに紹介するよ。そういえばまだ名乗ってもいなかったね。俺はアリト。修業の旅をしている薬師見習いだ」

突然の出来事に動揺していたのは俺もだったみたいだ。すっかり自己紹介を忘れていた。

「あ！　すみません、こちらこそ名乗っていなくて。私はティンファといいます。よろしくお願いします」

「よろしくな！」

そんな話をしつつ、野営場所まで歩いていく。

「あっ、アリト君、戻ってきた！」

野営場所までもうすぐ、というところで俺たちに気づいたリナさんが、小走りで近づいてきた。

それに手を振って応《こた》え、ティンファを促す。

「さあ、行こう。すぐ夕食にするから。山を歩きっぱなしじゃ、お腹減《へ》っただろう？」

くう……。

「あっ……」

俺の問いにティンファのお腹が答え、顔を真《ま》っ赤《か》に染めた彼女に悪いと思いつつも、堪《こら》えきれずに噴き出してしまった。

「くすくす。急いで夕ご飯を作るよ。ちょっとだけ待っていてね」

そして、リナさんと合流した。

「魔法を使った気配があったけれど、何かあったの？　それに、その子は……」

リナさんにティンファと遭遇《そうぐう》したいきさつをざっと説明する。

レラルやスノーを紹介する前に、ティンファに少し待ってもらって、その間にレラルに獣姿になるよう頼もうかと迷ったが、不安そうなティンファを置いて離れるのもどうかと思い、諦めた。

ティンファなら、レラルのことを知っても、悪いようにはしない気がしたのだ。

もじもじして俺の後ろに隠れているレラルを紹介すると、ティンファは「よろしくね」と微笑んだだけだった。そのおかげで、レラルもすんなり打ち解けられたようだ。

リアーナさんから、レラルは俺たちと出会うまでは母親とリアーナさん以外の人に会ったことがないと聞いていたので、ホッと一安心した。

もしかすると、街に行く前に、小さな村に寄って人に慣れさせたほうがいいかもしれないな。

スノーにも引き合わせると、ティンファは少し驚いたようだった。

あとから聞いたのだが、ティンファは、スノーとアディーを見て、すぐにフェンリルとウィラールだとわかったらしい。それでも、これといっておかしな態度をとることはなかった。

みんなを紹介し終えた俺は、すぐ夕飯の支度に入った。

かなりお腹を空《す》かせているみたいだから、ここは魔法を使って時間を短縮《たんしゅく》しようか。

真っ赤に染まったティンファの顔を思い出しながら、献立《こんだて》を考える。

今夜のメニューはシチューと串肉、それとご飯だ。ティンファ用には、胃に負担がかからないようにシチューを使ってリゾットにしてみるか。

「よし、できたぞ。みんな、運んでくれ」

完成した料理を皿に盛って声をかけると、リナさんとティンファが取りにくる。

俺が料理を作っている間にリナさんと会話したことで、ティンファも少し落ち着いたようだ。

リナさんは獣の襲撃や迷子《まいご》になったことを慰《なぐさ》め、ティンファの普段の暮らしを聞いたりして彼女の気を紛《まぎ》らわせてくれていた。

「さあ、食べよう。ティンファはこのリゾットな。これはラースラの実を柔らかくしてシチューで煮込んだものだから。少しずつゆっくりと食べてみてくれ」

「お気遣《きづか》いありがとうございます。とても美味しそうですね！」

皆が一斉に食べだすと、ティンファも顔を輝かせてリゾットを食べ始める。

「おかわりはあるから。急がずに、ちゃんと噛《か》んで食べてくれよ」

「は、はい！　このリゾット、とっても美味しいです！　ラースラって食べられるんですね！」

「ふふふ。アリト君の作ったご飯は何を食べても美味しいわよ。このシチューも凄いわ。いくらでも食べられそうなのがちょっと難点《なんてん》なのよね……女としては」

「うん！　アリトが作ってくれたご飯は最高だよ！」

隣に座ってシチューをがっついていたレラルが、力強くそう言った。

俺が頬《ほお》についたシチューを取ってあげると、レラルはにぱぁっと笑い、あまりの可愛さに頭をなでなでしてしまった。

「どんどん食べてくださいね。足りなかったらすぐ作れますから」

先ほどまで、ティンファの顔は透き通るように青白かったが、今はご飯を食べて温まったのか、頬がほんのりピンク色に染まっていた。

「ふふふ。野営でこんな豪華で美味しい料理を味わえるなんてね。アリト君の料理を食べ続けていたら、普通の食事じゃ満足できなくなりそうよ」

俺は、皆が美味しいと言いながら笑顔で食べてくれるこの瞬間が好きで、ご飯を作っているのかもしれないな。

ふと、祖父母が俺の作ったご飯を美味しいと食べてくれた時のことを思い出した。

美味しいご飯を楽しく食べるのは幸せなことだ。

目をキラキラさせて食べるティンファの姿を見ながら、改めてそう思ったのだった。

「ねえ、聞いてしまうけれど、やっぱりティンファさんは妖精族か精霊族の混血なのかしら？」

皆のお腹もいっぱいになった食後に、ハーブティーを入れてまったりと落ち着いていると、リナさんがそう切り出した。

「私はエウラナ出身なんだけれど、森の集落にある親戚《しんせき》の家で暮らしたこともあってね。そこで精霊族とエルフの混血の人を見かけたことがあるの。まあ、何代も前の祖先に精霊族がいたという人だから、外見はエルフとほとんど変わらなかったけれど」

そういえば、エリンフォードでは色々な種族が暮らしているから、混血も当たり前だったな。

リアーナさんと会った時にリナさんが驚いていたのは、精霊族の血を色濃く引いていたからだったのか。

「別に聞いていただいても大丈夫ですよ、村では隠していませんので。おっしゃる通り、私の家系は精霊族の血を引いていると言われています。この容姿は恐らく先祖返《せんぞがえ》りしたからなんです」

「恐らく、なの？」

「ええ。精霊族の血が入っているとは伝わっていますが、大分昔のことで、実際に私の家系に精霊族がいたかどうかはわからないのです。私の両親の家系はどちらも変わり者が多いというか、惚《ほ》れっぽい性格で、とにかく色々な種族の血が入っているらしいとは聞いています。私の母は妖精族の血が濃く出たのか、かなり小柄で手先が器用だったのですが、母方の祖母は、華奢《きゃしゃ》で魔人族に近い外見だったそうです。父の耳はエルフみたいに長めでしたが、背はあまり高くなく、がっちりとした体型でした。祖母は私が生まれた頃には他界していましたし、父親も幼い頃に亡くしているので、記憶違いもあるかもしれませんが」

そうか、ティンファはもう両親を……。

もしかして、今は一人で暮らしているのだろうか。

「そうだったの……。それはエリンフォードでも珍しいわね」

混血が多いといっても、恐らくそこまで何種類もの血が入ることはあまりないのだろう。

「そうなんです。でも先祖が好きになった相手と結婚して紡《つむ》いできた血ですから。私は誇《ほこ》りに思いこそすれ、気にしてはいません。私の耳のような特徴《とくちょう》が出たことは今までなかったようですけど」

そう言ってティンファは微笑みを浮かべながら、自分の耳にそっと触れた。

リアーナさんも精霊族の血を引いているけれど、遠目《とおめ》ではそうとわからない容姿だった。だから、ここまで外見に特徴が表れているティンファは、かなり珍しいのだろう。

だとすれば、ティンファはとても目立つということで。

それで一人で暮らしているなんて色々苦労があるだろうに、この子は笑って誇りに思うと言えるのか。強い子だな。

「最初にティンファを見た時、その耳と瞳が儚《はかな》げで、森の中に消えてしまいそうだなって思ったよ」

あの時は、あまりに透き通っている美しさが幻想的で、どこか別次元の存在だと感じてしまった。

「なぁに、アリト君。そういう時はキレイで見とれたって言うのよ。確かにティンファちゃんはアリト君より小柄だし、儚げな美人さんだものね」

「えっ、いや、あの、確かにキレイだなとは思いましたけど！」

それだと俺がナンパしているみたいじゃないですか、リナさん！

確かに並んで歩いていても俺の肩くらいまでしかなくて可愛らしいし、笑った優しい顔がいいな、とか思っちゃったけど！

わたわたと慌てる俺を見て、リナさんがニヤニヤしている。まったく、困ったものだ。

「え？　私は別に美人じゃないですよ。美人っていうのは、リナさんみたいな人のことです。スラっとしてスタイルいいし。とても羨《うらや》ましいです。私は小柄っていうか、ちんちくりんなので。これでも私、成人していて十八歳なんですけど、誰に会っても子供だと思われるんですよね……」

十八歳！　確かにそうは見えないな。背もこれ以上伸びる可能性は低い、ってことか。

「やっぱり驚きますよね……。せめて背が高ければ良かったんですが。……あ、この血を誇りに思いますってさっき言ったばかりなのに、愚痴《ぐち》をこぼしてしまいましたね」

ティンファはそう言って苦笑《くしょう》した。

最初に会った時はお人形のような子だと思ったが、今は可愛らしい普通の女の子だな。

そう思ってティンファをじっと見ていると、リナさんのニヤニヤしている視線に気づいた。くっ。

「確かに小柄だけれど、話せばちゃんと成人した女性だってことはわかるよ。別にそこまで気にしなくてもいいんじゃないかな？」

俺も気にして、日本にいた時くらいの身長は欲しいって思っているクチだけどな！

「ふふふ。確かにそうね。アリト君だって、見た目は子供のように見えるけどかなり落ち着いているし、受け答えなんて一人前の大人だわ」

「……実は俺、もうとっくに成人しています、って言ったら信じますか？」

「えっ？」

「いや、何でもないです。じゃあ、そろそろ寝る準備をしましょうか。明日は山を越えてティンファを家まで送っていくってことでいいですよね、リナさん」

「ええ、もちろんよ。別に急いでいる旅でもないのだし、のんびり行きましょう」

「ありがとうございます。お言葉に甘えますね。この山のことならエリンフォード側はかなり知っているつもりだったんですが……。ちょっと今は自信がないです。よろしくお願いします」

それから手早く食事の後片付けを終えると、カバンから布団と毛布を取り出してティンファに渡した。

ここに来るまでにリナさんは自分用の布団を作っていたため、今夜もそれを使うようだ。

俺はまだ予備を作っていないが、ティンファはあれだけクタクタだったのだ。疲れを取るために、布団でゆっくり休んで欲しいからな。

「これ、俺が使っている寝具なんだけど、よかったら使って。浄化魔法をかけたからキレイなはずだよ」

「え？　でも、それではアリトさんはどうするんですか？」

「俺にはスノーがいるから大丈夫。スノー。今日は大きい姿でブラッシングしてから一緒に寝よう。大きくなってくれるか？」

『やったぁ！　大きい姿でゴシゴシされるのも好きなの！　じゃあ大きくなるの』

とことこと近寄って来たスノーが、いつも一緒に寝ている時の大きさになった。

ティンファは一瞬目を丸くしたものの、すぐにキラキラとした眼差《まなざ》しでじっとスノーを見つめる。

「ね？　スノーのお腹はどんな寝具よりも寝心地《ねごこち》がいいんだ。だからその寝具は使って。夜の見張りも必要ないから、ゆっくりと休んでね。スノーもアディーも、リナさんのモランも、魔物が襲ってくる前に気づいてくれるから」

「……本当に凄いですね。ウィラールもフェンリルも話には聞いていたけれど、実際に会えるとは思ってもみなかったです」

「俺にとっては、スノーもアディーも従魔というより家族なんだよ。だから種族なんて俺には関係ないんだ。まあ、助けてもらってばかりだけれどね」

「素敵な関係ですね。私もアリトさんにとってのスノーちゃんやアディーさんのような、家族になってくれる子がいたら嬉しいんですけれど」

ティンファのその言葉に思わず嬉しくなって、頬が緩む。

「それにしても、すっごくふわふわな毛並みですね！　いいなぁ」

大きくなったスノーの毛並みを、ティンファがうっとりとした眼差しで見ている。それでも無遠慮《ぶえんりょ》に手を伸ばして触ろうとはしない。本当にしっかりしている子だ。

「毎日ブラッシングしているからな！　スノー、ブラシをかけるからそこに寝転がって」

『やったー！』

カバンからブラシを取り出し、いつものようにスノーをブラッシングする。頭から尻尾まで隅々《すみずみ》までブラシをかけ終えると、じゃれながら撫でまわした。

「うわぁ、凄い、もふもふだぁ」

俺たちの様子を見ていたティンファが、羨ましそうに感嘆《かんたん》の声を漏らす。

『なあ、スノー。ティンファにスノーのことを撫でてもらってもいいかな？』

『んー、いいよ。この子、なんか気配があったかいの』

へえー、スノーがそんなことを言うなんて初めてだ。気配があったかい、か。

「よかったら触るかい？　スノーがいいって言っているんだけど」

「えっ、いいんですかっ！　え、ええっと、じゃあ、ちょっとだけお願いします。スノーちゃん。少しだけ貴方のその素敵な毛並みに触らせてね」

両手を合わせて喜んだティンファが、大きな金茶色の目をキラキラさせながらスノーの背に手を伸ばす。

「わわわ。ふわふわです！　スノーちゃん、とってもいい毛並みね。触らせてくれてありがとう」

毛並みに触れたティンファは、目を見開いた後に一瞬で顔が蕩けた。その表情だけで、至福《しふく》と思っていることが窺える。

スノーもティンファの笑顔を見て、ご機嫌だった。

そんなスノーに癒されたからか、怖《こわ》い目にあったティンファも、安心して夜を過ごすことができたようだ。

第七話　旅の道連《みちづ》れ

次の日の朝も、いつも通りに夜明け頃にスノーのふわふわな温もりに包まれて目が覚めた。

いい目覚めだ。スノーのお腹に一度抱きついてから起き上がる。

『おはよう、スノー』

『おはようなの、アリト』

『まだ皆寝ているから、そっと結界用魔力結晶を集めてきちゃうな。スノーはここで皆を見ていてくれ』

身支度《みじたく》を済ませると、アディーに挨拶してから結界用魔力結晶を掘り出して回る。

ついでに周囲の野草などを採りながら戻り、音を立てないように朝食の準備に取りかかった。

スノーとアディーとモラン用の肉をカバンから出して焚火《たきび》で炙り、コンロに鍋をかけてスープを作る。

今日は芋《いも》を入れてコンソメにするか。肉はあっさり味のヤツにして、と。

手早く野菜と肉を切って沸いた鍋に入れ、干し果物を取り出して刻み、フライパンでパンもどきを作った。

「おはよう、アリト君。今朝もいい匂いね」

「おはよう、アリト」

「おはようございます。寝具、ありがとうございました。とても寝心地が好《よ》くて、よく眠れました」

「おはようございます。よく眠れたなら良かったよ。もうすぐ朝食ができるから」

ちょうど作り終えた頃に三人が起きてきたので、すぐに朝食にした。

「やっぱり凄く美味しいです。私も山で採ったハーブとかをスープに入れていますけど、こんなに美味しくならないです」

　ティンファは昨晩は夢中で食べていたが、今日は落ち着いて味わっているようだ。

「旅をしながら寄った場所で野菜や調味料を買い集めているから、結構色々入っているんだよ。そうだ、出発する前にティンファの住んでいる場所を教えてくれないか？」

「はい。この山を越えた麓にジオル村という村があるのですが、そこから少し離れた場所に家があります。恐らく、逃げているうちに北のほうへ来てしまったのかと……」

「じゃあ、南へ向かいながら山を越えようか。詳しい場所は大丈夫。方向がわかればアディーに偵察してもらうから。でも、山の麓に村があるんだね」

　山には魔物がいるのに、村があるなんて珍しいよな。

「はい。ジオル村は木工細工《ざいく》が盛《さか》んなんです。父と母も生前は作っていたんですよ。母は山の植物や魔物の調査などもしていました。私はそれを引き継《つ》ごうと思い、何度か山に入っているんですが……ダメですね。母の研究のことさえよく理解できなくて」

　食事の手を止めて、寂しそうに木々を見るティンファの姿に心が痛んだ。

　その今にも消えてしまいそうな頼りない背中が、祖父母を亡くして途方に暮れていた自分と重なる。

　あの時は、俺にはもう帰る場所さえなくなったのだと、嘆《なげ》いてばかりいた。

　でも、それじゃ前に進めない。

俺はこの世界に来てからのことを思い出しつつ、ティンファに語りかける。

「俺を拾って育ててくれた爺さんは、生きる術《すべ》や、俺が知りたいと望んだこと全てを教えてくれたんだ。爺さんは辺鄙《へんぴ》な場所に住んで植物と薬の研究をしていたから、薬師としての知識や技術も習った。それで、ある日突然、俺に色々なものを見てこい、そして好きに生きろって、旅に送り出してくれてさ。だから……ティンファのお母さんもきっと、自分の跡を継ぐことにこだわるよりも、自由に好きなように生きることを望んでいると思うよ」

俺の実の祖父母も、畑仕事や山仕事などは教えてくれたが、田舎の家を継いで生きろとは一度も言わなかった。

色々なことを教えてくれたのは、自分たちはずっと一緒にはいられないから、一人でも俺が生きていけるように、という想いからだったのだろう。

当時は特段何も思わなかったが、オースト爺さんのおかげでやっとそのことに気づけたのだ。

「でも、お母さんの研究を継ぐことがティンファの望みなら、きっとお母さんは見守ってくれていると思う」

オースト爺さんも、多分ガリードさんたちも一緒なんだ。人生の先輩として、道を歩く方法を教えてくれた。

でもそれはあくまで方法であって、どの道を選ぶのかは自分次第だ。

「……ありがとう、ございます。そう、ですよね。母の背中を追いかけるだけではダメですよね。私に流れる精霊族の血の影響もあるかもしれないけれど、植物と寄り添って生きたいと、そう望んで決めたのは自分なんですから。自分で、ちゃんと歩かないと」

ティンファは少し考え込んだ後、背筋を伸ばしてハッキリと笑顔で告げてくれた。

その瞳に、さきほどまでの焦燥感はまったくない。

なんか偉《えら》そうなこと言ったかな、とちょっと気まずくなったが、少し報《むく》われた気がする。でもやっぱり恥《は》ずかしいんだけどっ！　リナさんがニマニマしているし！

「自分で選んだ道、ね。それを選ぶために、私は旅に出たんだったわよね……」

恥ずかしさに身もだえていると、笑みを消したリナさんが何かを呟いたが、内容はよくわからなかった。

「ま、まあ、俺も偉そうなことを言えた義理じゃないんだけれど。ということで、さっさと朝食を食べて、日暮れ前にはティンファの家に着かないとな！」

「くすくす。はい、ありがとうございます」

恐らく赤くなっているだろう顔をごまかすために、がつがつと朝食を流し込んだ。慣れないことはするもんじゃないね。

野営場所の後片付けをしている間、アディーに偵察を頼んだ。アディーが戻ってきたら出発だ。

『じゃあアディー、お願いな。ここから南東に山を越えた辺りらしいから、村を見つけたら案内してくれ』

『ああ。偵察はしてやるが、魔物や獣は自分たちで警戒しろよ』

相変《あいか》わらず、アディーはツンデレだよな。

頼ってばかりでは成長しないから、あえて突き放して俺たちに経験を積ませようということなんだろうが、だったらそう言えばいいのに。

それでも、俺が頼めば断らないアディーは本当に優しい。

「アディーが戻って来たら行きましょう」

「すみません、アリトさん。上着などお借りしてしまって」

「まだ替えがあるから気にしないで。薬草とかを採りながら行くから、採取したらカバンも使ってくれな」

着の身着のままのティンファに、俺の替えの上着を貸した。

リナさんだと身長が違い過ぎるので、丈が合わず引きずってしまうからだ。

それと、万が一はぐれた時用のパンと干し果実、それから薬を一式入れた肩掛けカバンも渡しておいた。

『あったぞ。一番近い村だとあそこだろう』

「ありがとう、アディー。じゃあ先導してくれるか？　では、アディーが村を見つけたので行きましょう。リナさん、モランには偵察をお願いします」

「わかったわ」

野営場所を片付け終えたところで、ちょうどアディーが帰って来たので出発だ。

リナさんと俺が布団をカバンにしまったのを、ティンファは突っこんでは来なかった。まあ、そこは見ないふりをしてくれたのだろう。

それからはいつも通りスノーに警戒をお願いして、薬草などを採取しながら山を登る。

レラルについては、そのままケットシーの姿でスノーに乗ってもらった。

ティンファの家は一軒だけ村から離れて建《た》っているそうだから、今あえて獣化して彼女に口止めをする必要もないだろう。

ティンファも山歩きは慣れていて、俺たちのペースについて来ている。

採取しながらでも、普通の登山と同じ速度で歩いているから、それに驚いてはいたが。

薬草のことや、ティンファの森と一体になる能力のことなどを話しながら歩き、昼には山を越えることができた。

ティンファは森の中でなら、気配を木と同化させることができるそうだ。精霊族の血のおかげなのだろう。

ただ、精神が安定していないと駄目《だめ》で、また素早く動いたりすると、気配を消すことはできないという。

昨日は彷徨って疲れ果てていたので、木々と同化しようとしてもできなかったそうだ。

アディーに探してもらった場所で昼食を食べ、午後はティンファの住んでいる村へ向けて山を下りていく。

「あっ、この場所わかります！　ありがとうございます。やはり私はかなり北へ行ってしまっていたんですね……」

「よかった、無事に日暮れ前には着きそうだね」

「あの時アリトさんに出会えなかったら、多分私はこうして戻ってはこられなかったと思います。本当にありがとうございました」

「いや、出会えたのはティンファの運が良かったからで、俺は当たり前のことをしただけだ。それに、ここまで安全に来られたのは、アディーとスノーのおかげだからね」

途中で何度か魔物や獣に遭遇したが、いつものように事前にスノーが警告してくれたから、何事もなく倒せた。

俺の仕事は解体だけだったぞ。一応アディーに言われたから、自分でも警戒はしているけどな。

「ふふふ。アリトさんって面白い人ですね」

「ええ。アリト君は本当に面白いわ」

ティンファとリナさん、なんで顔を見合わせて笑っているんだ？

俺、今冗談なんか言ってないよな。

「面白いですか？　まあ、アディーとスノーを連れている時点で珍しいとは思うけど」

「それとは別よ。ねえティンファちゃん」

「ええ、そうですよ。ね、リナさん」

二人は意味深《いみしん》に笑い合う。

「ええっ！　なんだよ二人とも。なあレラル。俺ってそんなに面白いかな？」

『アリト？　アリトはレラルの大事な人だよ！』

スノーに乗っているレラルに問いかけたら、そんな言葉が返ってきた。しかも、尻尾をゆるくふりながら、上目遣いで小首まで傾げて！

「くうぅっ。レラルが可愛くてつらい！」

『スノーもなの！　アリトはスノーの一番大事な人なの！』

スノーまで頭をぐりぐりと俺の腰に擦《こす》りつけて、このセリフですよ！

「う、うちの子が可愛すぎてつらいっ！」

「くすくす。まあ、アリト君はアリト君ってことね。さあ、村まであと少し、急ぎましょう」

「そうですね」

あー、今晩は思いっきりもふもふしよう！

そのまま何事もなく山を下り、日暮れ前には村から少し離れたティンファの家に着くことができた。

国境になっている山を越えたので、ここはもうエリンフォードだ。

ティンファに勧められるままに、今晩は彼女の家に泊めてもらう。

ティンファの家は山裾《やますそ》に一軒だけあって、そこから少し離れた場所に、何十軒かの家々が建ち並ぶ村を見渡すことができた。

夕日が村の家々の屋根を照《て》らして輝いていたのに、山裾に一軒だけぽつりとある家は、なんだかとても寂しそうに見える。

もともと家族で暮らしていたからか、ティンファの家はそれなりに広くて客間もあり、俺はそこを借りた。

昨日からティンファは山道を歩き通しだったし、泊めてもらうお礼も兼《か》ねて、夕食は俺が作った。

そして夜。俺は客室を抜け出し、スノーと一緒に夜空を見上げていた。

この世界で見る夜空にも星があり、そして地球のものとは違い赤みが強く小さいが、月のようなものもある。

空気が澱《よど》むことがないせいだろう。どこで夜空を見上げても、キレイな星を見ることができた。

「眠れないのですか？」

後ろから、そう声をかけられる。

気配は感じていたが、ティンファのものだったので、そのまま星空を見上げていた。

「ティンファこそ疲れているだろう？　ゆっくり休んだほうがいい」

気配が近づいてきて、俺の隣にしゃがむ。

「……家に無事に戻れたら、色々と考えてしまって」

「そうか……。ティンファのご両親の作品、素晴らしいな。凄く細かい細工で見とれてしまったよ」

「ありがとうございます。母も父も、細かい物を細工するのが凄く好きでしたから。……そうですね。眠れないのは、ちょっと両親を思い出してしまったせいかもしれません」

ティンファの家に入ると、壁一面に木工細工が飾《かざ》ってあった。その一つ一つの出来も素晴らしく、見ていて飽《あ》きないほどだ。

ティンファの両親は、出来が良くても気に入った作品は売らずに取っておいたらしい。

それを見たからか、俺も祖父が手作りした様々な物を思い出していた。

「寝る前に、母の研究日誌を読んでいたんです。アリトさんに言われた、自分なりの道を考えてしまって……。アリトさんたちは明日旅立つんですよね？　エリダナへ」

昨日の夜に、目的地はエリダナだと言ったのを覚えていたのだろう。

「ああ。別に急いでいるわけではないけどね」

「……エリダナは王都に次《つ》ぐ大きな街です。ハイ・エルフのキーリエフ・エルデ・エリダナート様が作った街で、他の街にはないものが色々あるそうですよ」

「へえー、そうなんだ。新しい場所に行くのも旅の楽しみの一つだから、リナさんにもエリダナのことは聞いてなかったんだ」

まあ、楽しみな以上に、オースト爺さんの紹介状を持って行くのが、とても怖いのだが。キーリエフさんのこと、ティンファも様付けで呼んでいるし……。とても嫌な予感がする。

「旅の楽しみ、ですか……。そうですね。この家にいるだけが、私の生きる道じゃないですよね」

「ん？　今何か言ったか？」

つい考え事をしていたら、ティンファの言葉を聞き逃してしまった。

「いえ、いいんです。……明日。明日の朝、話を聞いてもらってもいいですか？　ちょっとこれから色々と考えてみます」

「話を聞くのは別にいいけれど、考えるのは止《や》めて、早めに寝たほうがいいよ。きっと疲れているだろうし」

疲れすぎて眠れない時もあるが、考え事で思い詰めたらティンファは倒れそうだ。

「はい、ありがとうございます。では、おやすみなさい」

「ああ、おやすみ。俺もそろそろ部屋に戻るよ」

家の中へと戻っていくティンファを見送り、もう一度夜空を見上げる。

「帰る家、か……」

『アリト、寒い？　スノーが温める？』

「ありがとう、スノー。じゃあちょっとあっためてもらおうかな」

ふう、とこぼれたため息が、寄り添うスノーの温かさで溶けていく。

「俺にはスノーがいるよな。アディーも、レラルも。よし！　ブラッシングして、もう寝ようか。スノー、部屋へ戻ろう」

『ブラッシングなの！　終わったら今日も一緒にアリトと寝たいな！』

最後にもう一度夜空を見上げて郷愁《きょうしゅう》の念を置き去り、そのまま振り返らずに部屋へと戻った。

◆　◆　◆

昨夜は感傷的になってしまったが、朝の目覚めはさっぱりとしていた。

借りた客室にはベッドがあったけれど、床に布団を敷いて大きくなったスノーと一緒に寝た。

アディーは外で寝ると言って、夕食を食べたら飛んでいってしまったので、この場にはいない。

「おはよう、スノー」

『おはようなの、アリト！』

まだ朝日が出たばかりなので、そっと支度をして部屋を出た。

音を立てないように台所へ向かい、勝手に使って悪いなと思いつつ、朝食の準備に取りかかる。

アディーとモランも、ご飯ができたら呼ばないとな。

いつものようにカバンからコンロを取り出して、スープと炙った肉を用意する。

そろそろ魚が食べたい。

王都で買った海の魚の塩漬けをたまに食べているが、もう残りが少なくなっている。だから、補充《ほじゅう》をしたいのだが……川魚を自分で釣《つ》るのでもいいな。

「おはよう、アリト君。相変わらず早いわね」

「おはよう、アリト」

「おはようございます、リナさん、レラル。もうすぐご飯ができますよ」

「ありがとう。ふふふ。アリト君はどこでも変わらないわね」

まあ、食事の支度をするのは習慣になっているし、苦でもないからな。

「あ、おはようございます。すみません、アリトさん。朝食の支度をしてくれたんですね」

「おはよう、ティンファ。こっちこそ勝手に台所を使ってごめんな。じゃあ、食事にしようか」

スノーとアディー、モランのご飯を出してからテーブルにつく。

レラルにとっては椅子が低いから、俺の膝の上だ。つい、あーんをしてあげたくなってしまった。

食事の片付けを終えると、ティンファがお茶を淹《い》れてくれた。

「このお茶美味しいな。この辺で採れるハーブなのかな？」

「そうなんです。私が摘《つ》んでブレンドしたハーブティーです」

「本当ね。さっぱりしていい香り。落ち着くわ」

「うん、美味しいねこのお茶！」

リナさんもレラルも気に入ったようだ。

後味がさっぱりとしていて、スーッと鼻から香りが抜けていく。選んだハーブの組み合わせがいいのだろう。ティンファは植物の扱《あつか》いが得意なんだな。

「それで、昨日の夜に考えたのですが。聞いてもらえますか？」

ああ、話を聞いて欲しいって言っていたよな。

「何かしら？」

リナさんに促され、ティンファは言う。

「あの、図々《ずうずう》しいかと思うのですが、私も一緒にエリダナへ連れて行っていただけませんか？　エリダナの街には、大きな図書館や薬師の育成学校など、様々な研究所があると聞いています。私、今のままでは何をするにも経験や知識が不足していると、今回のことで自覚しました。ここにいては、この山にある木や植物のことだけしかわからないと気づいたんです。だから一度エリダナへ行って学び、自分に何ができるのか色々試してみたいんです」

そう言って、まっすぐに俺たちを見つめるティンファの目には、前に進もうという強い決意があった。

リナさんは少し驚きつつも尋ねる。

「……この家はどうするの？　ティンファ以外にはもう誰もいないのでしょう？」

「しばらくは空《あ》き家になってしまいますが……いいんです。確かに両親の思い出が詰まった家ですが、ここにいると、つい両親の影を追って日々を過ごしてしまいそうで。だから、一度家を出て、自分を見つめ直したいんです」

まあ、新しい場所へ行くと本人が決断したのなら、俺たちがとやかく言うことではないが。

「リナさん、ティンファのような外見って、エリンフォードでも目立ちますよね？」

「そうね。一目で精霊族の血が入っているとわかる人は、街でもかなり珍しいでしょうね。遠い先祖が精霊族で、かなり血が薄くなっている人なら、多少はいるけれど」

ティンファの外見は、スノーと同じくらい、街で目立ってしまうだろう。

そうなると、自衛手段のない女の子が無事に過ごせるとは思えないのだが……。

ナブリア国の王都で俺に絡んできた貴族の例もあるしな。

「そうですよね。だとすると、ティンファが街へ出るのは危険なんじゃないかな。耳を隠しても、バレてしまうこともあるでしょうし」

「そうねー。エリンフォード以外なら、街に入ったらすぐに攫われてもおかしくないわね」

そ、それはかなり危ないよな？

「その危険性は、母からも聞かされていました。だから、今までここから出ようとは思わなかったのですが。でも危険だからといって、私は外へ出て様々な知識を得ることを諦めたくはないんです。実際に危険な目に遭ったとしても、それは自分でした選択ですから後《こう》悔《かい》はしません」

「身を守る手段は？　木に同化できても、街中では通用しないだろう？　それに、街で生活する手段はあるのかな？」

そう。俺がオースト爺さんに攻撃魔法と弓を習ったのも、元々は自分の身を守るためだ。

それに、街ですぐに職が見つかるとは限らない。何か生活費を稼《かせ》げる手段がなければ、学ぶどころではないだろう。

「この村では魔法を使って農業の手伝いをしていたので、エリダナでもそれでお金は稼げるかと思います。風と土と植物を扱う魔法なら得意ですし、浄化も使えます。蓄《たくわ》えも多少ありますし……。路銀《ろぎん》は、皆さんと一緒に薬草を採って稼げれば、と。この辺りに生えている植物は全てわかりますし。ただ、やはり、その……戦う力は私にはありません。魔法を使って攻撃したことがないんです……」

自分にできることとできないことがしっかりとわかっているのは、とても重要なことだ。

あとは街で狙われた時に逃げたり、相手を避けたりする方法があればいいのだが。

「どうですかね、リナさん。エリダナで彼女は暮らして行けそうですか？」

「そうね……。路銀はなんとかなりそうだけれど、あとはやっぱり街での自衛手段よね。

うーん、エリダナへ行って、住む場所の当てはあるの？」

「父方の祖母がエリダナに住んでいるので、訪ねてみようかと思っています。一度も会ったことはないのですが、母とやり取りしていた手紙はありますし、それにはエリダナへ来る時は家を訪ねて欲しいと書いてありましたので」

　ああ、街に頼る人がいるなら、なんとかなるか。

「危険があるということがきちんとわかっているなら、俺はエリダナへ一緒に行くのはかまわないよ。リナさんはどうですか？」

「まあ、そうね。ここで会ったのも縁《えん》なのでしょうし。私も問題ないわよ」

「ありがとうございます！　アリトさん、リナさん！　では支度してきますね！」

「えっ！　ちょっと待って。今から一緒に出るつもりなのか？」

「ええ。私の都合でお二人をお待たせするのは申し訳ないので。荷物だけまとめれば行けますから」

「いや、別にそこまで急いでないって！　待っているから、ちゃんと村の人への挨拶とかしたほうがいい。リナさんもいいですよね？」

「もちろん。私もただの里帰りだし、気にしないで。今日はここら辺に生えているハーブや薬草の採取でもしているわ。だから、村への挨拶回りはしてきなさいね」

　何の挨拶もなしに出て行ったら、下手をすると犯罪に巻き込まれたと思われるかもしれない。そんな心配を、故郷の村の人にさせるべきじゃないだろう。

「あ、ありがとうございます。すみません、ではお言葉に甘えて今から村長さんと農家の人の家に挨拶に行ってきます。その後で旅の支度をしますので、一日ください」

「うん、それがいいよ。この家のことも頼んできなよ」

これだけ想いの詰まった家だ。放置して朽《く》ちさせてしまうのはもったいない。

「はい。では村まで行ってきます」

一礼してバタバタと出ていくティンファの姿に、一抹《いちまつ》の不安がよぎる。

「うーん。本当に大丈夫なのかな、彼女は」

確かに、縛られずに自由に生きたっていいと言ったのは俺だが、ここまで短時間で思い切るとは予想していなかった。

まあ、俺たちが危険だからと言って今回は止めたとしても、ここには身を守る術を教えてくれる人がいなそうだし、いつかは自分一人でも出ていってしまいそうだよな。

「心配なら、アリト君が旅の間に魔法の使い方を教えてあげればいいじゃない。風魔法を使って逃げる方法なら、アリト君は得意でしょう？」

「風の扱いはアディーにみっちり扱かれていますので。おかげで、風で屋根に上って逃げるのは得意になりましたね。……まあ、ティンファの場合は木があれば気配を消すことができるし、風魔法は得意と言っていたから、対応できそうですかね」

俺の場合、スノーやアディーが敵意を察知してくれるが、ティンファにはその従魔がいない。

だから敵意にどう気づくかが問題だが、それさえできれば、俺みたいに風を使って逃げたりすることも可能だろう。

「彼女は精霊族の血が濃く出ているみたいだし、魔法の適性は高いはずだもの。本当は私たちみたいに従魔がいれば心配することは何もないのだけれど、これぱっかりはね」

そうなんだよな。欲しいと言って従魔と契約できるなら、俺だっていくらでも契約しているよ！

「それじゃあ、私は山で薬草を採ってくるわね。ここら辺は私もあまり来ないから、ちょっと興味があるの。さっきのハーブティーも美味しかったし」

「わかりました。俺は村へ行って店を見てみます」

特産の木工細工も気になるし、見たことない野菜とかも売っているかもしれない。

お昼には戻ってくるわ、と言って、リナさんも家を出ていった。

「ねえアリト。ティンファも一緒に来るの？」

「うん、エリダナまで一緒に行くことになったよ。レラルもいいかい？」

「うん！　ティンファは優しいから平気だよ。獣姿でも撫でてくれるかな？」

ここから先は、人の目があることを警戒しないといけない。だからレラルは母親との約束通り、獣姿で通してもらうことになる。

「多分、レラルの可愛らしい姿を見たら、抱っこして撫でてくれるよ」

ティンファは何を知っても笑ってくれそうな気がする。スノーもアディーも彼女には全く警戒していないから、俺も安心できるのだ。

「スノーもティンファが一緒でもいい？」

『うん、いいよ。撫でるのが上手だったの！』

一昨日の野営の時は、ティンファも蕩けてスノーのもふもふを堪能していたからな。

「じゃあスノー、旅の間はティンファのことも守ってくれるか？」

『うん！　アリトもティンファもスノーが守るの！　レラルのことも、スノーはおねえちゃんだから守るの！』

「ふふふ。じゃあお願いな、スノー。頼りにしているよ」

キラキラした目で尻尾をブンブン振って見上げてくるから、屈んでスノーを抱きしめてわしゃわしゃ撫でまくった。

もちろん、レラルのこともなでなでしたぞ！　レラルは俺の背中やスノーの背中に乗って大はしゃぎだ。

「まあ、俺がそそのかしたようなもんだしな。村を見に行く前に、ちょっと色々作ってみるか」

この家に飾られているたくさんの手作りの作品に、ティンファの両親の面影《おもかげ》が残っている。この全てを置いて急いで旅に出るのは、なんか違う気もするのだ。

考えてみれば、村に行くにしてもティンファがいないから鍵もかけられないしな。

そう言い訳をしながら客室へと戻り、必要な材料や道具をカバンから取り出した。

ティンファ用のカバンと……あの耳も隠さないと。

でも、耳だから全部覆って塞ぐわけにもいかないよな。

それなら……。


「すみません、戻りました！　村長さんに家のことも頼んできましたし、他の皆にも挨拶することができました。今からすぐに旅の支度にとりかかりますね」

「おかえり。もうすぐ昼ご飯ができるぞ。あと、はい。旅支度にはこれを使って」

ティンファが村から戻ってきたのは、俺が作業を終え、昼食の支度が済んだ頃だった。

リナさんもそろそろ戻ってくるだろう。

「え？　これはカバン、ですか？」

「そう。ちょっとそれを手に持って、魔力循環をしてくれるかな？」

「は、はい。えっと、こう、でいいですか？」

何が何だかわからない顔をしながらも、ティンファは自分の魔力を練って全身に循環させた。

うん、リナさんが魔法に適性があるはずだって言っていたけれど、魔力はかなり高いな。

これなら大丈夫だろう。

「ありがとう。そのままカバンにも魔力を纏わせた後、手に魔力を集めてそのカバンに入れてみて」

「はい。え、あれ？　なんか見た目より大きいような……？」

さすがに一日ではティンファ用に新しく作ることはできないので、前に作っておいたカバンに手を加えてみた。空間拡張の補助に、魔力結晶を縫い込んだのだ。

以前に色々試作してみたところ、この方法で初期の空間をかなり拡張できたので、リナさんたち深緑の剣の分やリアーナさんとレラルのカバンも魔力結晶をつけて作った。

「うん。そのカバンは物に魔力を纏わせると、かなりの量を入れられるんだ。そうだな、ティンファの魔力量なら、本来のカバンの容量の十倍くらいは入るよ。さっきみたいに魔力をカバンに循環させて、ティンファの魔力がカバンに馴染んだら、もっと入るようになるから。……この家のもの全部は無理だけど、思い入れのある物をいくつかなら、大丈夫なんじゃないかな」

「あ！　……ありがとう、ございます。私、全て置いていかなきゃって……」

「置いていくことはないよ。思い出も、形見《かたみ》も、ね」

自分で前に進むと決めたからといって、これまでのことを全て捨てなきゃいけないわけではない。

俺だって祖父から学んだことが、この世界でもとても役に立っているのだ。

「そう、ですね。ありがとうございます。本当に、ありがとうございます」

少し潤《うる》んだ瞳は見てないふりをして、もう一つ作ったものを取り出す。

「他にもあるんだ。これは頭にかぶせて、ここに髪を全てくぐらせて。そう、止めてあるのが首の後ろになるように。どう？　耳は聞こえるかな？　耳が窮屈じゃないなら、村を出たらそれをかぶって隠してもらいたいんだ」

カバンの他に作ったのは、ティンファの耳を隠すための所謂《いわゆる》変形三角巾のようなものだ。

音を聞くのを妨《さまた》げてもいけないし、ある程度、動かせる余裕もないとダメ。

だから、顔から首への部分は、『死の森』で採った伸びる蜘蛛《くも》糸を束ねてぐるっと一周縫い込み、ちょっとのことではズレないように工夫した。

帽子だと耳が出てしまうから、あえて後ろが空《あ》いた三角巾タイプだ。

素材は布だと軽すぎて捲れる可能性があるため、一般的な魔物の革を使っている。

「どうかな。耳、大丈夫そう？」

「はい、それほど窮屈ではありませんし、耳も動かせます。音も普通に聞こえますので大丈夫です。私が無理を言って旅に同行させてもらうのに、こんなに配慮《はいりょ》してもらって。私、どうお礼をすればいいのか」

「実は、俺も戦うよりもこういう物を作ったりするほうが得意なんだ。勝手にしたことだから、気にしないで」

　喜んでくれるなら、それでいいのだ。

「ふふふふ。アリト君は優しいものね」

「うわっ！　リナさん戻って来てたんですか！」

　突然かけられた声に、思わずビクッと飛び上がりそうになった。

　振り返ると、どこから話を聞いていたのか、またニマニマ笑っているリナさんが……。

「照れているアリト君も可愛いわね」

「リナさん！　ほら、ご飯にしますよ！　ティンファもお皿を運んで。レラルもご飯だよ」


　昼食後はレラルとスノーを連れて村へ行き、村の特産だという木工細工の店などを見て回った。小さな村なのに店が何軒かあり、木を削る音が響いている。

　とても素晴らしい細工がしてある家具や小物など、特産というだけあって、旅をしていなかったら欲しいと思う家具もあった。

　家具は諦めるとして、カトラリーや気に入った小物を買った。

　もちろん、よろず屋にも寄って野菜や果物も買ったぞ。

　レラルには村に入る前に獣姿になってもらったのだが、初めての人里にとても興奮して、楽しそうに飛び跳ねながら歩いていた。

可愛すぎて注目を集めたのは、まあ仕方ないよな！

第八話　風魔法の使い方

買い物を済ませてティンファの家に戻ると、家の中が大分片付いていた。

残った家具などは村長が保管してくれる手筈《てはず》になっていると聞いて、一安心だ。この家の周りには他に家がないから、ちょっと心配だった。

俺が相続した田舎の祖父母の家は、たまに掃除には行ったものの、やはり人が住んでいないと傷《いた》むのも速く、倒れる前に解体したほうがいいのかと考えたりした。

でも、祖父母の思い出をそのままにしておきたくて悩んだものだ。

結局、俺はこの世界に落ちて来てしまったから、あの家はそのまま朽ちるだけになるのか……。

そう思うと、あの世界に未練はないと思っていたのに、祖父母の家に帰りたいという想いがこみ上げてくる。

『アリト、なんか寂しそう。どうしたの？』

「あなたたちがティンファを山で助けてくれて、エリダナまで一緒に行ってくれる方々だね。どうかティンファのこと、よろしくお願いします」

そう言って村長さんは、リナさんと俺に頭を下げてくれた。

「はい、ちゃんと無事にエリダナまでお届けします」

「ええ、私たちに任せてください。決して危ない目には遭わせませんわ」

「ありがとうございます。それを聞いて安心しました。ではな、ティンファ。くれぐれも気をつけて、元気でな」

村長さんは俺たちの目を見つめた後、ニコリと笑ってティンファの肩を叩いた。

「はい！　村長さんもお元気で。行ってきます！」

「ああ、いってらっしゃい」

村長さんは、俺たちが見えなくなるまでいつまでも手を振ってくれていた。

「優しそうな村長さんだね」

「ええ。母を亡くして一人になった私のもとを、何度も訪ねてきてくれて。いつも私のことを気にかけてくれていたんです。母が若い頃にこの村へ来た時に知り合って、それが縁であの家に住むことにしたみたいで」

ティンファがこうして新《あら》たな一歩を踏み出せたのも、あの村長がずっとティンファを見守っていてくれたおかげかもしれないな。

「なるほどな。ティンファがあの家で、ずっと一人きりじゃなくて良かったよ。じゃあそろそろ道を外れようか。リナさん、ここからエリダナまでどちらの方向ですか？」

村から街道まで続いているという道は、馬車が通れるくらいの幅《はば》だが、所々草が生えていて、あまり人通りはなさそうだった。

だが、このまま道沿いを歩くよりも、道を外れて森の中を歩いたほうが人目につかないし、薬草も採れて一石二鳥《いっせきにちょう》だろう。

「だいたい北東といったところかしら。確か街道に出れば、途中に街もあったと思うのだけれど」

「はい。このまま道を行けば十日ほどでエリシアの街があります。その間に村もいくつかありますね」

「じゃあ、エリシアの街には補給も兼ねて寄りましょうか。街までの偵察をアディーに頼みますね」

そう言って、俺はアディーに念話を送る。

『アディー、道の先を街まで見てきてくれないか？　俺たちはとりあえず、このまま道が見える森の中を歩いて待っているから』

『そんなに時間はかからん。すぐに行って戻ってくる』

歩いて十日の距離でも、アディーの速度なら確かにすぐかもしれないな。本当にアディーには頭が上がらないよ。

「ではアディーが戻ってくるまで、この道が見える場所を歩きましょうか」

「ええ、わかったわ。モランに警戒させるわね」

それから、ティンファにこの周辺独自の植物を教わりながら歩いた。

「あら、それも食べられるの？」

「ええ、これは乾燥させてお茶に混ぜるんです。あとこれ、このハーブもお茶になりますよ」

「へえぇー。じゃあ私も集めてみようかしら」

ここら辺の植物は全てわかる、と言うだけあって、ティンファは何でも知っていた。

もちろん、俺も採る。調味料に使えるかもしれないからな。

そうしているうちに、アディーからの念話が届く。

『真っすぐ北東へ向かえ。途中の森も深くはない』

『アディー！　さすがだな！　もう戻ってきたのか。この先に人はいたか？』

『ほとんどいないな。もう少し先に村がある。魔物の気配もここら辺にはない』

『ありがとう。じゃあ、道の先導を頼むよ』

本当にアディーは飛ぶのが速い。

そう言うと、「常に風を捉《とら》えていれば容易《たやす》い。お前も励《はげ》め」と言われるんだけどな。

「アディーが戻ってきました。このまま北東だそうです。森もそれほど深くはなく、直線で向かえるとのことですが、リナさん、どうしますか？」

「食料が大丈夫なようなら、真っすぐ行きましょうか。レラルもそのほうが自由にできるしね」

誰も入らない森の中であれば、ケットシーの姿にも自由になれるだろう。

食事の時、レラルはケットシーの姿なら手でナイフやフォークを使えるものの、獣姿だと当然無理だ。

そうなると皿から直接食べるわけだが、俺としてはかなり抵抗がある。

レラルは「獣姿も自分の姿だから！」と気にしてはいないのだけど。

「ティンファもそれでいいかな？」

「ええ、私は大丈夫です。毎日、獣道すらない山を歩いていましたから」

「では真っすぐ向かう、ということで。もう少し行ったら昼食にしよう」

話を纏め、改めてアディーに念話を送る。

『アディー、真っすぐ街へ向かうことになったよ。昼食を食べるのにいい場所があったら教えてくれないか？』

『ああ』

アディーに案内してもらい、少し先の林の中の開けた場所で昼食にした。

昼食は、昨日の夜に多めに作ってカバンに入れておいたスープを温め、あとは肉を焼いて野草と一緒にパンに挟《はさ》む。

食事が終わり、俺はふと思い出して話を切り出す。

「そうだ、ティンファは風魔法が使えると言っていただろ。俺は風魔法を使って逃げるのが得意なんだけれど、街で役に立つと思うから、覚えないか？」

「え？　いいんですか？　……アリトさんさえよければ教えていただきたいです。一人でも大丈夫、って言えるようにならないと、ですよね」

「うん、わかった。ああ、あと普通に話していいよ？　そんなに丁寧じゃなくても」

ティンファを助けて以来、彼女はずっと丁寧な言葉使いをしていた。

でも、一緒にしばらく旅をするのだ。普通に話したほうが、ティンファも気が楽だよな。

「え？　あ、はい。村では年上の方と接することのほうが多くて、もう癖《くせ》になっているんですよ。そうですね……とりあえず、口調《くちょう》は意識しないで話してみます」

「うん、それでいいよ。じゃあ、ちょっとティンファの風魔法を見せてくれるかな？　普段使っている感じでいいから」

「はい。では少し離れますね」

立ち上がったティンファは、林の中へと歩いていった。

「アリト君、やっぱり教えることにしたのね」

「リナさんが言ったんじゃないですか。ティンファは耳を隠していても、街ではなんとなく目立ちそうですしね。教えておいたほうが安心できるかな、と」

まあ、俺がそんな偉そうに言えることではないけどな。

ちなみに、訓練を指示するのは、もちろんアディーだ。俺は通訳に徹《てっ》しよう。

アディーに事情を話したら、結構乗り気だった。

「まあ、そうね。彼女、話すとしっかりしているのに、どこかこう、ぽやっとしているというか、つけこみやすい雰囲気というか。そういうのがあるわよね」

うん、そんな感じだな。見るからにお人好《よ》しというか。

次の街へ行った時に周囲の反応を見てからでもいいのだが、逃げ方を覚えておいて損《そん》はない。

イメージ次第で、風魔法は自由にどうとでも使える。少し応用の方法を教えるだけで、魔法の幅が広がるだろう。

「じゃあ、行きますね！」

ティンファが立ち止まったのは、俺たちから三十メートルくらい離れた場所だ。

遠くに見えるティンファが、手を上げて合図をしてくる。

見守っていると、目をつぶったティンファからふんわりと風が巻き起こり、彼女を中心にして地面を這《は》うように広範囲に吹き抜けていった。

ローブの裾《すそ》が下からの風で捲れ上がっていたから、風を制御してあえて低い位置で吹かせたのだろう。

魔法を使ったティンファの髪は風にそよいで広がり、キラキラと輝いているように見えた。

リアーナさんが樹々を操《あやつ》っていた時と似ている。精霊族の特徴なのだろうか。

「どうですか？　農地で花粉や種を飛ばすのに、いつも使っている魔法なんです」

吹き抜けていったのに、どこかふんわりと優しい感じだったのはそのせいなのか。

『アディー、どうだ？　彼女の風の使い方は。かなり制御できているよな』

『制御はまあまあだな。風も上手く捉えられている。お前よりも有望だな』

『ほっといてくれ。俺だって頑張って修業しているだろ。じゃあティンファは、足に風を集めて加速するイメージを仕込めば、屋根に飛び上がることはできそうだな』

『うむ。まあ、努力次第だろう。ちょうどいい、お前も一緒に訓練だ』

ふう。アディーはもしかして、俺に対してだけツンデレなのか？

俺以外には普通に優しいよな。さりげなくスノーとレラルの面倒を見ているし。

いや、俺にだけ遠慮がないってことは、一番親しいということだな！

「風の制御がよくできているとアディーも言っているよ。今は拡散したけど、今度は一点に集中させ強弱をつけて制御できるかな？　ちょっとやってみるから、見ていてくれ」

近づいてきたティンファに合図を送り、俺は風魔法の準備をする。

魔力を足に集中させて風を纏い、ぐっと一気に爆発させるイメージで魔法を発現させ、ティンファの近くまで飛んだ。

そして逆風でスピードを殺し、ティンファの傍にそっと着地する。

「きゃっ」

「ああごめん、驚かせちゃったか。これをスムーズにできると、どこへでも逃げられるようになるよ。急加速して走って逃げたり、屋根に飛び上がったりね。リナさんなんか、木の上を飛んで移動できるんだ」

足だけの俺とは違って、リナさんは全身に風を纏わせることができる。

「そうねぇ、常に風を纏わせておいて、必要な時に身体を押してもらうのよ」

そう言うと、リナさんは魔力を溜《た》めることなく、そのますっと軽く飛んで俺の隣に来た。

おお、凄い！　こうやってじっくり見たのは初めてだ。

「凄いです！　そんなに自由に風を使えるんですね。私もできるようになりますか？」

「ええ、大丈夫よ。精霊族は魔法に適性があるの。ティンファちゃんもきっとできるわ」

「頑張ります！」

これ、俺じゃなくてリナさんが教えたほうがいいんじゃないか？

俺はどうせ、ティンファよりも風の制御ができてないんだし……。

『アリト、どうしたの？　なんでしょぼんとしているの？』

『なんでもないよ、レラル。ちょっとむなしくなっただけなんだ……。慰《なぐさ》めてくれるか？』

『スノーも！　スノーもアリトのこと慰めるの！』

どーんと背中に飛びついてきたスノーを見て、レラルまで飛びついてくる。

「まったく。目を離すとじゃれているわね、アリト君は」

「ふふふふ。羨ましいです」

両手に花ならぬ、両手にもふもふだ！

落ち込んだ気分なんてすっかり吹き飛んだよ。本当にうちの子可愛い過ぎるよな。

とりあえず訓練はまた夜に、ということで、採取をしながら進む。

移動しながら、アディーに言われた課題にティンファと二人で取り組んだがな。

常に風を感じて捉えるというのは、恐らく風を纏う訓練の初歩だ。

さらに俺は、風に魔力を乗せて周囲を警戒しながら歩く。スノーには全然範囲が及《およ》ばないけどな！

日が暮れると、小さな森で野営となった。

その時に魔法のことを皆で色々話したのだが、改めて聞いてみると、やはりレラルはス

ノーと同じように魔法を本能的に使っているそうだ。

だから、苦手な属性――火は、ほとんど使えないらしい。

スノーは浄化も自分でかけられるし、風と光、水なんかが得意だ。

レラルは土と植物に作用する魔法が得意で、風と水も使えるし、浄化もリアーナさんに教わったのでできる。

リナさんはやはりエルフの特性の風魔法が一番得意で、植物に作用する魔法や水と土も人並み以上だが、やはり火は苦手。もちろん、浄化は使える。

リナさんには王都で一緒に過ごした時、簡単に菌《きん》の説明をした。薬師でもあって元々治療の効果がある浄化も使えたのだが、今では殺菌もできるようになっている。

ティンファは昨日聞いた通りに風と土、それに植物を扱う魔法が得意ということだ。あとは簡単な薬なら作ることはできて、浄化も汚れを落として傷をキレイにすることまでは可能とのことだった。

火はティンファも苦手で、そうなると、全員が火を使う魔法が苦手、ということになる。でも魔法の効果はイメージ次第だから、別に一切使えないというわけでもない。

「農家の手伝いをそこまで魔法でしていたなら、水やりとかも水魔法でしていたのか？」

土魔法で土を柔らかくし、風魔法で種を蒔《ま》けるのなら、水魔法で水を撒《ま》けば完璧《かんぺき》じゃないか？

「あの、水を出すことはできるんですが、そこまで大量の水となると難しくて……」

確かに、何もない場所から水を大量に出すのは難しいのだが。

もしかして、イメージできないだけだろうか。こう、スプリンクラーみたいな感じで風魔法も併用《へいよう》して使えば、水もそこまで大量に出す必要はないよな。

「ふうん。じゃあやってみるから、ちょっと見ていてくれ」

野営場所から少し離れ、光の球をいくつか出して視界を確保する。

そしてスプリンクラーのイメージで魔法を発動し、空気中の魔素《まそ》を水に変えながら風で拡散した。

すると、俺を中心に半径三メートルくらいの範囲に、霧雨《きりさめ》が撒き散らされた。

この世界では、髪や目に相性《あいしょう》のいい属性の色が表れるそうだが、俺の場合、火魔法以外の適性はそれなりにあるらしい。

「す、凄いですアリトさん！　それなら簡単に水が撒けますね！」

「本当ね。水って、つい量を出さないと、って思ってしまうけれど、今の方法なら新芽《しんめ》でも流さず水やりできるわね」

水の場合、川を流れるイメージや雨として降ってくるイメージが強いから、もしかしたら霧状《きりじょう》にするという発想が浮かびにくいのかもしれないな。

霧吹《きりふ》きとかミストとか、いくらでも身近にあったから俺はイメージしやすいのか。

「イメージできるようになれば使える魔法の幅が広がりますし、いい機会だから、お互いに色々な魔法を見せ合って練習してみますか？」

「いいわね、それ。アリト君は面白い魔法の使い方をするから、とても興味があったのよ」

「いいんですか？　なんだか楽しくなってきました！」

オースト爺さんに魔法を教わった時も、最初に一通り魔法を見せてもらった。

そのほうが、魔法を発現させるイメージをしやすいだろうとのことで。

まあ、俺が日本のことをあれこれ話した後は、オースト爺さんの魔法もかなり変わったがな。

「じゃあ明日から、休憩《きゅうけい》の時にやりましょう」

「ええ」

「はい！」

「わたしも練習したいよ！　凄いほうの浄化ももう少しでできそうだし」

レラルにも初めに殺菌のイメージを教えた。それが使えるようになれば、怪我をしても自分で対処できるからだ。

『じゃあスノーも！　スノーもやるの！』

「ああ、レラルもスノーも一緒にやろうな」

二人とも尻尾を振りながら、俺を見上げている。

「アリト君、本当にじゃれるの好きよね」

「羨ましいです！　わ、私も撫でていいですか？」

はっ！　つい無意識に二人を撫でまわしていた。

でも、あんな可愛いことされたら仕方ないだろう？

「リナさんだって、いつもレラルと一緒に寝ているじゃないですか。可愛いから仕方ないんです。あ、ティンファも撫でていいよ」

レラルはリアーナさんの家でリナさんに懐《なつ》き、いつの間にか一緒に寝ていたのだ。

今も毎晩リナさんが「レラルちゃんは女の子だから、私と一緒に寝ましょう」とか言いながら、寝る前にレラルを撫でまわしていることを俺は知っている。

「確かに可愛いけれど、アリト君は撫ですぎよ」

そうかな……まあ、自重《じちょう》する気はないけれど。

それから皆でスノーとレラルをブラッシングしてから寝た。

そんな俺たちをアディーが呆れた目で見ていたが、気にしたらダメなんだ。

アディーの羽毛も撫でたいのに、手を伸ばばそうとしただけで避けられてしまう。いつかアディーを撫でまわすのが、今の俺の目標だな。

◆　◆　◆

次の日からは休憩の時にお互い魔法を見せ合い、新しい使い方を練習したりしながら進んだ。

俺はまだ発現が遅くて実戦には使えないのだが、所謂ボール系、アロー系、カッター系、ストーム系の攻撃魔法も使ってみせた。

火はアロー系まではなんとかできたものの、ストーム系は無理だったな。

土魔法は、いざという時に身を守れるように、落とし穴の活用法とか、相手の足元を凹《へこ》ませて転ばせるとか、水と混ぜて足場を悪くする方法とか、色々と見本で見せながら説明していった。

攻撃魔法には、ティンファよりも、リナさんがかなり関心を示して練習していた。

リナさんは討伐ギルド員なので、戦闘に使える魔法が気になったみたいだ。

ティンファは、殺傷《さっしょう》能力の高い攻撃魔法は生理的に受け入れられないみたいだったから、他にも土を風魔法で巻き上げて煙幕《えんまく》を張ったり、強烈な光を一瞬発して目くらましにする手段なども教えた。

初歩として、土魔法で相手の足元を凹ませる魔法の練習を勧めると、ティンファもそれなら、と力を入れて練習していたぞ。

　俺はリナさんから、風を身体に纏わせる身体強化や、風を面で使うことで相手を押さえたり弾いたりする魔法、相手の足元へ小さなつむじ風を飛ばすことで牽制《けんせい》する方法など、細かい技術も含めて教わった。

　リナさんの風の制御能力は凄《すさ》まじく、あのアディーも認めるほどだ。

　ティンファからは、広範囲魔法の制御のコツを聞いたり、発芽までの土の制御方法と植物を操る魔法などを教わった。

　ちなみにレラルとスノーは俺たちの魔法を見て、隣で見よう見真似《まね》でアレンジしていたぞ。さすが本能で使っているだけある。

　レラルに制御の方法を聞いたら、なんとなく！　と答えが返ってきたからな。


　そうやって草原や林や浅い森などを歩き続けて、四日が過ぎた頃。

『おいアリト。もうすぐ森へ入るからな。抜けるのに丸一日はかかるだろうが、森を抜ければ街の近くに出る』

『ありがとう、アディー。じゃあ、森では魔法の練習は止《や》めておくな』

　とりあえず、森へ入る前に昼食をとることにした。

　その後は、魔法の練習はせずにお茶を飲んで休憩する。

　一息つきながら、俺はカバンから本を取り出した。

「それはもしかして薬草図鑑ですか？」

「ああ。エリンフォードには結構変わった薬草があるそうだから、森へ入る前に調べておこうと思って。まあ、実際手に取らないと、わからないだろうけどな。ティンファも気がついた薬草は教えてくれな」

「はい。でもその本、凄いですね。私の家にあった図鑑には、こんなにたくさんの種類は載っていませんでした」

「よかったら後で貸してあげるよ」

「ありがとうございます！」

シラン草、ペルナ草、ギラン草など、誰もが使う薬の材料になるものは、条件さえ合えばわりとどの地域にも生えている。

だが、その土地の魔力で植生は変化し、同じ薬草でも、地域によって効能が違うこともある。なので、結果として地域独自の薬草もかなり多いのだ。

オースト爺さんの研究室で見せてもらったものはあるが、さすがに全部覚えているわけではなかった。だから、こうしてたまに図鑑を捲っては調べたり、リナさんに聞いたりしている。

「そういえばリナさん、薬作りはどうしますか？　かなり薬草も溜まってきたので、次の街で薬を作って売ろうかと思っているのですが」

薬草のまま売ってもいいのだが、薬にしたほうが商人ギルドとしてはありがたいよな。

「そうねぇ。私もかなり溜まっているから、ギルドへ顔を出してみようかしら。エリンフォードには薬師が多くて薬草の需要《じゅよう》も高いから、薬作りを依頼されなければ薬草のまま納品するわ」

ああ！　そういえばオースト爺さんが薬師の基礎《きそ》を築《きず》いたとか、リナさん言っていた気がするな。すっかり忘れていたが。

その爺さんのおかげで薬師がたくさんいるなら、薬草のまま売ってもいいか。

「じゃあ、俺も街の商人ギルドへ顔を出してから決めます」

「……あの。私も簡単な薬なら母に教わったので作れるんですが、もしお二人が薬を作るのなら、その時は傍で見せてもらってもいいですか？」

「いいわよ。難しい薬の依頼はないと思うしね」

「俺はまだ見習いだけどね。じゃあリナさんが作る時に、皆でやってみることにしようか。いいですか？　リナさん」

「ええ、それでいいわよ」

ティンファは俺よりもリナさんのやり方を見たほうが勉強になると思うからな！

「さて。じゃあそろそろ行きますか。この国の深い森は初めてだから、何が採れるか楽しみだ」

「そうね。今の時期だったらメーメル草があるかしらね。あったら教えてあげるわね」

「私も野草ならわかりますから、見かけたらお教えしますね」

「お願いします！」

ナブリア国とは違う薬草か。楽しみだな！

『アディー、じゃあ偵察と先導をよろしくな！』

『採取にばかり気をとられているでないぞ』

わかってるって。

そうそう、もう一つやらなきゃいけないことがあった。

『アディー、獣か魔物がいたら教えてくれ。ティンファが実際に魔物や獣相手に魔法を使えるか試してみよう』

ティンファには適性があって、元々ある程度の制御ができていたから、目くらましや足元を崩《くず》す魔法はすぐに覚えた。さすがに風を足に纏わせるのは、もう少し時間がかかりそうだが。

あとは、実際に危機に直面した時に対応できるかどうかが問題だ。

いざという時に、取り乱して魔法を使えないのでは、いくら魔法を覚えても意味がない。

「ティンファもレラルも、森へ入ったら警戒してくれ。スノーは魔物を見つけても手出ししないで、警告だけしてくれるか？　ティンファは獣や魔物の気配に気づいたら、覚えた魔法を使って欲しいんだ。倒そうとしなくていいから、目くらましや足元を崩す魔法を試してみてくれ」

「……はい、わかりました。頑張ってみます！」

『わたしも頑張って警戒するよ！』

そんなわけで、俺たちは森の中へ入っていった。

第九話　この世界に住む人のルール

森の中は、やはりナブリア国とは植生が違った。木に絡む蔓が多く、木々の間が狭く感じる。

「この蔓、初めて見たな」

「これはイールです。暖かくなると、赤い花を咲《さ》かせて甘い匂いで虫や小さな獣を誘い、捕獲《ほかく》して栄養を摂《と》ります。ここら辺ではイールの花が咲いている間は森へは入るなって言われているんですよ」

「へえー、花が咲いた時だけ捕獲するってことは、一年間に必要な栄養を全てその時期で摂るのか」

なんとなく、食虫植物は一年中罠《わな》を張っているイメージがあった。

森を見渡しても、熱帯に雰囲気が似ている気がする。この地域の気候が暖かいわけではないのだが。

「イールの蔓はね、編《あ》んで縄代わりに使えるのよ。さあ、行きましょうか」

縄、か。

そういえば、カバンの中に藁《わら》があったな。あとで草履《ぞうり》か何か編んでみるか。

祖父の「藁も全部使える、米は捨てるとこなんかねぇ」という言葉が頭にこびりついていて、捨てずにカバンに全部入れてあったのだ。

そんなことを思いつつ森の中を進む。木の間が狭いから、枝や蔓を切りながらだ。

生い茂る草も背丈のあるものが多く、ちょっと歩きづらい。

獣姿のレラルは草の上をジャンプしながらついて来ているが、かなり疲れそうだ。

「レラル、小さくなって俺の肩かスノーに乗るか？」

『んー、もうちょっと頑張ってみるよ。疲れたら小さくなる』

「無理しないようにな」

レラルの姿を見失わないように注意しながら、森の奥へと進んだ。

時折、リナさんとティンファがこの地域特有の薬草や野草を見つけて教えてくれたので、それも採取する。

途中で何度か獣が近づいてきたけれど、スノーの気配に気づいたのか、こちらを襲ってくるようなことはなかった。

スノーが警告を発した後、レラルに気づいたかどうか確認したが、察知していなかったようだ。

こうして進んでいるうちに、スノーがレラルに気配察知の仕方を教えてくれるだろう。

人を避けられるようになることは、レラルには必要だからな。

ティンファには、俺とリナさんとで、森にいる鳥や小動物などの動きで魔物の気配を察することを教えながら歩く。

やはりティンファは森歩きに慣れているからか、気配をある程度殺すことはできていた。けれど、毎回気配を殺して危険をやり過ごしていたために、気配を察知するほうは苦手なようだ。

その後、一度だけ水分補給の休憩をしたのだが、レラルがかなり疲れた様子だったため、ケットシー姿になってスノーに乗ってもらった。

『アディー、そろそろ野営するのにいい場所を探して来てくれないか？』

夕暮れが近くなってきたところで、アディーにそうお願いした。

「今、アディーに野営場所を探してもらっていますので」

「わかったわ。結構色々採れたから、ハーブティーを作ってみようかしら」

リナさんが採取した野草を手ににっこりと笑うと、ティンファがそれを見てしみじみ言う。

「森って、植物の種類が多いのですね。山とは違っていて驚きました」

「この森が手つかずだから、というのもあるのよ。普通は討伐ギルド員でも、こんなに気楽に森の奥へは入れないもの。でも、私たちの場合はスノーちゃんが一緒だから、魔物も獣も怯えてほとんど出てこないのよね」

「ああ、なるほど。全然襲われないのは変だな、とは思っていたんです」

ティンファは納得して頷き、スノーに笑いかけた。

森の奥へかなり入ってきたので、休憩の後は魔物がそれなりに姿を見せたらしいが、近くへは寄ってこなかった。

これが、同じ森でも『死の森』とは全然違うところだ。『死の森』の魔物はエリルたちがいても、気を抜けばいつでも襲ってきたからな。

「アリト君、もし近くに現れた魔物がゴブリンとオークだったら言うのよ。討伐ギルド員として、それだけは発見次第、私が始末するわ。こういう人里に近い森には、ゴブリンとオークの集落ができやすいのよ」

討伐ギルド員は基本、ゴブリンとオークを見つけたら優先的に倒す義務が課せられているそうだ。

理由は、ゴブリンとオークは他種族の女性を攫って繁殖《はんしょく》するから。

たまに男性も女ゴブリンと女オークの種付けのために攫われることがあるらしく、ゴブリンとオークは、一般市民にも討伐ギルド員にも毛嫌いされている。

俺はやはり、ゴブリンやオークのような人型の魔物を殺すのにはどうしても抵抗があるが、共存できず、人に害を為《な》すだけの魔物は殺さねばならないということは理解できる。

「アディーから報告は受けていないので、ここら辺にはいないとは思いますが」

「そうよね。モランも言ってこないもの。でも、寝る前にモランにはこの森の中をくまなく偵察してもらうわ」

「わかりました。ご飯を食べたらお願いします。ああ、今日もモランのご飯も出しますね」

今、俺の手元には『死の森』の魔物の肉がたくさんある。オースト爺さんから、新たな肉が届いたからだ。

先日、リアーナさんの手紙と一緒にラースラを送った。ラースラは一度炊いてから水に晒して乾かした、干《ほ》し飯《いい》だ。水で戻して温めて食べてくれ、という手紙も添えた。

一応、ご飯の炊き方も書いたが、オースト爺さんはそこまで手をかけたりしないだろう。

そうしたら、爺さんは濃い味付けに合う米飯を気に入ったらしく、もっと送れという手紙と一緒に、山ほどの『死の森』の魔物の肉を送ってくれたのだ。

だから結局、今はモランやレラルにも毎食出している。

やはり魔力を十分とれるからか、『死の森』の魔物の肉を食べると体の調子がいいらしく、モランもレラルも喜んでいた。

……魔力の取り過ぎとか、ないよな？　俺は爺さんの家にいる間、ずっと『死の森』の魔物の肉を食べていたんだし。

爺さんには、もう一度干し飯を作って送った。ラースラを育てれば毎食食べられるぞとそそのかして、種籾《たねもみ》と育て方を書いた紙も一緒にな。そうしたら案の定《じょう》、「『死の森』でも育つか研究する！」と返事がきた。また肉と一緒に。

今度は、皮も送ってもらおう。カバンを作ったので減ってきたしな。

『見つけたぞ。そこから右の方へ進め。しばらく行くと開けた場所がある』

『ありがとう、アディー』

アディーの言葉をみんなに伝える。

「右の方に、野営できる場所があるそうです。行きましょう」

なんか今日は米が食べたくなったから、夕食はご飯にしよう。

リナさんもハーブティーを作ろうかと言っていたので、進みながらイールを切り、カバンに入れていく。ちょっと思いついたのだ。

「アリト君、そのイールの蔓、どうするの？」

「編んでみようかと思いまして」

「ふうん？」

リナさんは編んでどうするのか、不思議に思っているのだろう。

俺はリナさんの発言を聞いて、ハーブで緑茶の製法を試してみたらどうかと思い立った。

そして、それに必要な蒸籠《せいろう》か笊《ざる》でも作れないかと考えたのだ。

本当は竹みたいな木があれば良かったのだが、まだ見かけてないから仕方ない。

ほどなくして、アディーが見つけてくれた場所に着き、野営の準備を始めた。

米を洗って水につけておき、鍋に水を入れて火にかける。

「ちょっと設置してきます」

結界用の魔力結晶を取り出し、野営場所の周囲に置いていく。

『なあ、アディー。リナさんがこういう人里に近い森ではゴブリンとオークの集落ができやすいって言っていたんだけど、この森にありそうか？』

『街までまっすぐ向かう方角にはなかったが、別の方向にはありそうだな。この森をあちらに抜けると、すぐ近くに街道がある。街も近いから人を襲いやすいだろう』

魔物や獣に襲われる危険性がある場所は、当然商人ギルドでも討伐ギルドでも把握《はあく》していて、旅をする人へ警告を出している。街道沿いでも野営はしないように、と。

それでもやはり、襲われることは年に何度かはあるそうだ。

『やっぱりそうか……。リナさんが夜にモランを偵察に出すと言っていたから、集落を見つけてきそうだな』

そうしたらリナさんは、明日は集落を潰《つぶ》しにいくのだろう。

『お前はどうするんだ？　俺とスノーだけで集落に行くのか？』

『……いいや。リナさんが行くなら俺も行く。というか、俺がやらなきゃダメだろ。ゴブリンとオークを殺すのは人間の都合なんだから』

スノーとアディーに頼めば、集落だってすぐに壊滅《かいめつ》できるだろう。

でも、そんなのはダメだ。それに俺が討伐ギルド員じゃないからといって、リナさんだけに行かせるのも。

『俺もリナさんと一緒に行くよ。どれだけその場で動けるかはわからないけどな』

魔物のものとはいえ、集落を壊滅させるなんて、俺には想像もつかないことだ。

集落というからには、恐らく何十、何百のゴブリンが生活しているのだと思う。

その全てを殲滅《せんめつ》するとなると、人型の魔物を殺す嫌悪感《けんおかん》から、吐いて動けなくなる可能性だって大いにある。もちろん、それで足を引っ張ることだって。

一方で、自分から進んで戦いたいとは思わないが、ゴブリンとオークだけは見つけ次第殲滅するというこの世界に生きる人のルールも、そうしている理由も理解はできる。

ならば、戦う術を身につけている俺が逃げるなんてできない。これは覚悟を決めるべきことなのだ。

『フン。ダメそうだったら、俺とスノーでお前を守ってやる』

おお！　アディーが俺に優しい！　いつもは俺にだけ厳《きび》しいのに。

『……なんだその気持ち悪い顔は。ほら、とっとと戻って夕飯を作れ』

「ふふふ、ありがとう、アディー。今晩はアディーの好きな肉を出すよ」

よし。とりあえず夕飯作ろう。

まだ集落があると決まったわけじゃないし、今考えても無駄だ。

そう気を取り直して残りの魔力結晶を埋め、戻って夕食作りを始めた。

今日の献立は、ご飯と野菜たっぷりシオガのすまし汁風、それに肉じゃがと生姜焼き風にしよう。

次々にカバンから野菜を取り出す。

生姜焼きの付け合わせは、王都で見つけて買いだめしてある、姿も味もキャベツに似ているカヘラだ。

「あ、アリトさん。手伝いますよ」

「じゃあ芋の皮を剥いてもらえる？」

「はい」

最初はティンファも交代でご飯を作ろうとしたが、俺が料理好きである上に、俺に任せたほうが自分で作るよりも美味しい料理を食べられるとあって、今は手伝いだけをしてくれている。

俺とティンファが夕飯作りをしている間に、レラルは魔法で寝る場所の地面をならし、リナさんは周囲の地形の確認と見回りに行った。

スノーとアディーは周囲を警戒してくれている。肉を焼いたりしていて、匂いで魔物や獣が寄ってくる可能性が高いからだ。まあ、仮に寄ってきたとしても、問題なく倒せると思うから料理をしているのだが。

ティンファに味見をしてもらいながら、パパっと味付けをして完成だ。

みんな、いつも通り美味しそうに食べてくれた。多めに炊いたご飯もすっかりなくなったな。

そして、リナさんが食後のお茶を飲みながらハーブを選別し、乾燥させていった。

ラースラを刈り取って精米までした時に、俺が魔法で乾燥させるのを見ていたリナさんは、どういうイメージで魔法を使っているのかと尋ねてきた。

その時に火で炙るのではなく、水分を抜くイメージでやっていると答えたら、リナさんはその発想はなかったと驚き、その後、薬草で練習していたのだ。

今もリナさんがハーブを魔法で乾燥させたのを見て、ティンファが目を丸くしていた。

ティンファも乾燥させる魔法を覚えれば、ハーブティーとか売り出せそうだよな。ティンファのハーブティーの配合は美味しかったし。

俺はカバンから取り出したイールの蔓を、水分を適度に抜いて乾燥させた。ついでに魔力を通し、真っすぐにしながら丁度いい柔らかさにしていく。

『それどうするの？　アリト』

いつものようにお腹をソファー代わりにされているスノーが、手元を覗き込んでくる。

その頭を撫でながら、次の蔓を手に取った。

「これを編んで笊を作るんだ」

まずは、簡単そうなものから作ってみることにした。

『ふうん』

「ねえアリト、わたしもお手伝いしたいな」

「うーん、じゃあレラルには俺が乾燥させた蔓を全部、このくらいの長さに切ってもらおうかな」

「うん！　頑張るよ！」

右隣に座っているレラルに、乾燥が終わった蔓を渡す。そうして今度はレラルの頭を撫でた。

レラルに切ってもらった蔓を、同じ太さのものに選り分けて編んでいく。

うーん。やっぱり木の皮を乾燥させて編んだほうが、蒸篭にはいいかな。まあ、笊は笊で使い道がありそうだから作ってしまおうか。

「それは籠、ですよね？　イールの蔓で作るなんて」

俺が作業をしていると、気になったのか、ティンファが声をかけてきた。

「まあ、俺が本来作ろうとしたものとはちょっと違うんだけどな。でも、これはこれで使い道がありそうだろ」

「そうですね。乾燥させたハーブの葉を選別する時に使えそうです」

「ああ、いいかもな。リナさん、今仕上げますから使ってみます？」

「そうね。せっかくだから使わせてもらおうかしら」

よし、それならば、と適度なサイズまで編むと、笊の周囲をぐるっと一周細い蔓で編み、形を整えていく。そうして魔力で蔓を変質させ、形を固定させてでき上がりだ。

緩く編んだから、水を切るのにも良さそうだ。

「はい、できましたよ。リナさん、使ってみてください」

出来上がった笊をリナさんに渡すと、ティンファが夢中で眺めていた。

「アリトさん。その笊の作り方も教えていただいてもいいですか？　他にも色々応用できそうなので、私も作ってみたいです」

「いいよ。簡単だから作りながら教えよう」

ティンファは植物に対する魔法も得意だから、木の皮をなめすのも今度一緒にやってみよう。

結局その夜は、皆で寝るまで笊やハーブティーを作っていた。

リナさんの作ったハーブティーを飲んでみたけれど、ティンファの配合したものよりもすっきりとした後味だったな。

寝る前に偵察に出ていたモランが戻ってきて、ゴブリンとオークの集落を見つけたとリナさんに報告しているのを聞いた。

俺は乱れそうになる心をなんとか静め、普段通りに床《とこ》に就《つ》いたのだった。

◆　◆　◆

翌朝の目覚めはスッキリしていた。それでもすぐに出たため息に、苦笑が漏れる。

『おはようなのアリト。どうしたの？　まだ眠いの？』

『おはよう、スノー。いや、朝になっちゃったな、って思っただけだよ』

『んん？　夜が終わったら朝だよ？』

「ああ、そうだよな。当たり前のことだ。ありがとうな、スノー。さて朝食の準備をするよ」

キョトンとするスノーの可愛い顔を存分に撫でまわしてから、一つ伸びをする。

よし。作るか。

思考が今日これからしなければならないことに向かいそうになるのを、とりあえず朝食作りに向ける。

準備ができた頃にみんなが起きてきて、揃って朝食にした。


「アリト君、昨日モランがこの森の中にゴブリンの集落と、オーク数体の棲家《すみか》を見つけてきたから、私は今日、それに対処しにいこうと思うの。少し離れた場所にあるので、アリト君たちはこのまま森を抜けた場所で待っていてもらえるかしら？」

食後のお茶を飲んでいるとき、リナさんがそう切り出した。

予測していたことではあるが、やはりどこか緊張《きんちょう》してしまう。

「……リナさん、俺も一緒に行きますよ。集団戦の経験はないので、役に立てるかどうかはわかりませんが」

すると、リナさんの表情が曇《くも》る。

「アリト君……。いいのよ？　君は戦うことが好きではないとわかっているもの。私は討伐ギルドの一員の義務として処分しにいくの。アリト君が一緒に行く必要はないわ」

「確かに俺は、積極的《せっきょくてき》に戦いたいとは思いません。でも、ゴブリンとオークは処分しなければ、人を襲うんですよね。それなら、一応戦う術を身につけている者としては、ここで見ないふりはできないです。……足手まといになる可能性も高いのですが」

「アリト君……」

やはり、このままリナさんだけに任せるのは違うと思うのだ。一晩寝ても、その想いは変わらなかった。

「ティンファはレラルとアディーと一緒に、森の外で待っていてくれないか？」

「……アリトさん。アリトさんもゴブリンとオークの集団と戦うのは初めてなんですよね？　それに戦う術を身につけたのは、自分の身を守るためだって言っていました。私もアリトさんと同じで、自分から戦いたいとは思いません。でも、二人に任せて、私だけお留守番なんてできませんよ。私こそただの足手まといにしかなりませんが、一緒に連れて行ってくれませんか？　せめて私の方へ来た敵くらい、自分で対処しますから」

いざとなったら、教えてもらった魔法を使います——そう真っすぐな瞳で告げられて、ダメだとは言えなかった。

「ううーん。二人とも、真面目《まじめ》ねぇ。ここはエリシアの街に近いから、きちんとその討伐ギルドで定期的に処理していると思うの。だから、今回はゴブリンの集落と言っても、まだできたばかりの小さいものよ。ゴブリンは三十匹くらいみたいだし、オークも五、六匹だけらしいから、私一人で処理できるわ。もっと大きな集落なら、迷わずエリシアに応援を頼みに行くもの」

ああ、そうだ。近くの街の討伐ギルドへ応援を要請《ようせい》するという手があるんだ。

モランに飛んでもらえば、すぐ連絡できる。それもしないで一人で対処するとリナさんが決めたのは、自分だけで無理なく片付けられるからだ。

そんなことにも気がつかないなんて、俺は随分《ずいぶん》と思いつめて視野が狭くなっていたんだな。

「だから、二人は本当に待っていてくれていいの。私にはモランもいるのだし」

「でも、それならなおさら俺は一緒に行きますよ。この先、集団戦になる状況がないとも限りません。その時に経験がなくて動けない、というのでは困ると思うのです。今回は、リナさんの負担になってしまうかもしれませんが」

「私もできれば連れて行ってください。私はあの時、アリトさんに助けてもらわなければどうなっていたことか……。でも、あんな状況になっても、自分で対処できるようにならないとダメだと思うので。お願いします」

従魔がいないティンファは、自分で危険を察知して、なおかつその場で動けないといけない。それには確かに経験を積むしかないだろう。

本当は危険な目に遭わないほうがいいのだが、魔物がいる世界でその可能性をゼロにはできない。

「仕方ないわね。じゃあ最初にゴブリンの方へ行くから、無理だと思ったら引き返すこと。あと、アリト君は離れたところからの弓と魔法、ティンファちゃんは集落から見えない場所で土魔法を使って落とし穴を掘るだけにしなさい。いきなり集団戦闘に飛び込むなんて、たとえ討伐ギルド員でもやるものじゃないわ。私も弓と魔法での戦いしかしないもの。いい？　距離を取っての戦闘以外はダメよ？」

「「はい、わかりました」」

確かに俺は、剣とか刃物で相手を刺したりしたら、その感触で思考停止になる自信がある。だからこそ、弓と魔法を教わったのだ。

集団戦だろうと、遠距離から戦えばいい。弓だって、敵が近づいてきたなら後退しながら射ればいい、というだけだ。

「ティンファちゃんはもし敵が近づいてきたら、落とし穴や泥《どろ》で足止めして、それでも駄目なら風で押し返しなさい。無理して攻撃しようとか倒そうとかしちゃダメよ。付け焼き刃の攻撃より、自分が生き残ることだけを考えて魔法を使うように」

「はい！　……風で、押し返す。やってみます！」

さすがリナさんだ。そうだ、いきなり戦闘しろというのは無理がある。

俺だって、最初は何もできずに戸惑っていただけだったじゃないか。

ティンファも戦闘という状況に慣れれば、冷静に判断することができるようになるだろう。

「では、ゴブリンの集落までモランに案内させるから、アディーには警戒をお願いするわね」

「はい、わかりました。スノーにも気配を抑えてもらいます」

『ってことだからアディー、よろしくな。スノー、ゴブリンにバラバラに逃げられると面倒だから、気配を抑えて近づくぞ』

『モランのヤツが先導ってのは気にくわないが、今回だけは我慢してやる。俺は空から俯《ふ》瞰《かん》して警告を入れるだけにしておくぞ』

『わかったの！　察知したらアリトに言うの』

『ありがとう、アディー、スノー』

それから、レラルに向き直る。

「レラルはスノーのそばにいてな。移動中に戦闘になったら、状況を見て指示するから」

「うん。おねえちゃんと一緒いるよ」

頼もしく頷くスノーとレラルに抱きついて撫でる。

「じゃあ、支度をして行きましょうか。今日中にどちらも片付けてしまいたいものね！」

「「はい」」

リナさんと一緒で良かった。本当に世話になってばかりだ。

エリシアの街に着いたら、せめてものお礼ができるよう、リナさんが気に入っていた卵料理を作るために卵を探そう。それと、乳だな。


モランの先導で森の中を進んでいくうちに、木の伐採《ばっさい》された跡やイールで作られた簡易罠など、ゴブリンの影が見え隠れするようになってきた。

そんな森の中を気配を殺し、息を潜《ひそ》めながら慎重《しんちょう》に歩く。

野営場所からここまでで、ゴブリン五匹をアディーが発見した。

その時は気づかれないうちにリナさんと俺の弓で離れた場所から先制し、アディーとモランの空からの急襲《きゅうしゅう》とスノーとレラルの襲撃で、何事もなく倒すことができた。

その死体は、他のゴブリンに気づかれるのを防ぐため、皆で深く地面を掘って手早く処理した。

ティンファはずっと青ざめた顔をしながらも、その様子を目を逸らすことなくじっと見つめ、やっぱり留守番するなどとは言わずに黙《だま》ってついてきた。

その姿を見て、俺は強い娘《こ》だな、と思った。

この世界では命が軽く、生死にかかわる場面によく遭遇する。

ティンファは山に一人で入っていたのだから、獣や魔物と遭遇したことは何度となくあるだろう。だから『死』に対しての耐性はあるはずだが、今までは襲われても自分の手で殺すという選択はしてこなかった。

なのに、魔物との戦闘を目《ま》の当たりにし、死体を真っすぐ見つめる覚悟を持てるとは。そのティンファの強さは凄いと思う。

『アリト、集落に近づいてきたぞ。もう少し行ったら止まれ』

『あ、緑のヤツの集団の気配がすぐそこなの。他には気配を感じられないの』

『わかった。ありがとう、アディー、スノー』

アディーとモランに集落の周囲をくまなく探索《たんさく》してもらい、森を移動していたゴブリンの集団をもう一組処分した。

「リナさん、もうすぐです」

かなり小声で前を歩くリナさんに声をかけると、彼女は振り返って一つ頷いた。

「ちょっと様子を見てくるから、みんなはここにいて」

そう言うとリナさんは音もなく飛び上がり、木の上を飛び移っていった。

凄い。完璧に風を制御しているし、木に降り立った時に、魔法で枝がしならないようにしている。エルフの素質によるものもあるのだろうが、やはりリナさんは特級討伐ギルド員なのだと思い知らされた。

いよいよ集団戦だ。

ざわつく心をどうにか鎮《しず》めながら待っていると、ほどなくしてリナさんが音もなく目の前に降り立った。気配に気づかなかったから、思わず声を上げそうになってしまったよ。

「見た感じだと、やっぱり集落には三十もいないわ。ティンファちゃんはここで落とし穴や妨害《ぼうがい》の魔法を用意して待っていて。木を背にしちゃダメよ。退路《たいろ》を確保して、もしゴブリンが来ても風で押し返しながら下がるの。レラルちゃんはティンファちゃんと一緒にいてあげてね。周囲を警戒して気配を感じたら、ティンファちゃんに教えてあげて」

リナさんの言葉に、ティンファもレラルも緊張の面持《おもも》ちで頷く。

「はい、わかりました。レラルちゃん、よろしくお願いします」

「うん、頑張って気配を探るよ！」

それからリナさんは俺とスノーに言う。

「アリト君は私ともう少し先まで行って、集落を見渡せるギリギリの位置から弓で先制攻撃をしましょう。こちらに気づいてゴブリンが近づいてきたら、下がりながら弓を射るわ。もし矢を射るのが間に合いそうになかったら、魔法で押し返すことを一番にしながら下がって、距離を確保すること。スノーちゃんはアリト君のフォローをお願いね」

リナさんの小声でも真剣味を帯びた鋭《するど》い声音《こわね》を聞き、気を引き締める。

『スノー、よろしくな。スノーはできるだけ気配を殺して俺についてきてくれ』

『わかったの！　アリトのフォローはスノーにまかせてなの！』

俺にはスノーもいる。だから硬《かた》くなる必要なんてないんだ。

視界を広く持て。さあ深呼吸だ。

落ち着けと自分に暗示をかけながら、一つ大きく深呼吸をする。

そしてしっかりとリナさんの目を見つめて頷き、続いてティンファとレラルとスノーにも頷いた。

『俺は空から見ている。危なくなったら助けてやるから思うようにやってみろ』

『ああ。ありがとう、アディー。頑張ってみるよ』

さあ。自分でやると決めたんだ。

行こう。ゴブリン殲滅戦へ。

第十話　集落殲滅《せんめつ》戦

ヒュンッ、ヒュンッ、ヒュンッ、ヒュンッ、ヒュンッ!!

「「「「グゥギャギャギャギャギャギャギャーーーーッ!?」」」」

「ギャギャイギャッ！　ギャギャギャッ!!」

ヒュンッ、ヒュンッ、ヒュンッ、ヒュンッ、ヒュンッ!!

「「「「グゥギャギャギャギャー ーッ⁉」」」」

リナさんの合図に合わせて、テントのような粗末《そまつ》な住居を射た。

そして、中から出てきたゴブリンへと次々と矢を放つ。

「来るわよ。斜《なな》めに下がりながら射るわ。距離に気をつけて」

「わかりました」

リナさんと二人、息を殺してゴブリンの集落から五十メートルくらい離れた木の陰《かげ》に身を潜めて様子を窺い、集落の外にゴブリンが五匹出てきたところで、二人で矢を放った。

リナさんが流れるように矢をつがえて続けざまに三匹を倒し、俺が二匹を倒した。

すぐにそのゴブリンの断末魔《だんまつま》の叫びで集落が慌ただしくなり、粗末な槍《やり》や剣を持ったゴブリンがこちらに気づいて追いかけてくる。

リナさんと二人で矢を立て続けに射て仕留め、だが放った矢よりも多くのゴブリンが向かって来るのを見て、リナさんから指示が飛ぶ。

その指示通りに、あらかじめ確認してあったルートで下がりながら、次々と矢を射る。

一本の矢で倒せずとも、どこかに当たれば足止めにはなるのだ。

「ギャギャギャッ！　ギィギャーギャギャギャ‼」

どんどん集落から出てくるゴブリンたち。

奴らが矢で倒れた味方にかまわず近づいてくるのを見て、俺は咄嗟に風の刃が真横に走るようなイメージで魔法を放った。

「「「ギャギャーーーーーーッ!?」」」

木の枝を切り飛ばしながら進む風の刃に、四匹のゴブリンが一気に切り裂かれ倒れる。

「いいわね、その調子よ。残りはもうそんなにいないわ。落ち着いて弓と魔法で対処して」

「はい」

こちらへ向かってくるゴブリンから目を逸らさずに、落ち着け、落ち着け、と自分に言い聞かせながら距離を取って弓を射る。もちろん、風の魔力を纏わせて補正《ほせい》もしている。無意識でもそれができるまでに訓練してくれたアディーに感謝だ。

血を流して倒れるゴブリンの姿を視界から追い出し、向かってくるゴブリンの姿だけを確認しながら次々と矢を放つ。

「あ、集落の反対側から逃げる個体がいるわね。……アリト君、ちょっとそっちを片付けるために私は前に出るから、ここから援護《えんご》射撃をお願いね」

「はい」

気をつけて、と言えるほどの余裕はなく、ただ走り出したリナさんに当たらないように、ゴブリンを狙って矢を放っていく。

そうして集中を続け、気がついた時にはもうその場に立つゴブリンの姿はなかった。

「アリト君、片付いたわよ」

ただ呆然と荒い呼吸を繰り返していると、すぐにリナさんも戻ってきた。

リナさんが前に出た時には、もうほとんど残っていなかったのか。

「一応、モランに周囲を確認してきてもらうから、アリト君はスノーちゃんと一緒にティンファちゃんとレラルちゃんを迎えに行ってくれるかしら。アディーにはここの警戒をお願いしてね」

「わ、わかりました。行ってきます」

ふう、と大きなため息が無意識に出て、自分が息を詰めていたことに気づく。

目の前に広がっている折り重なったゴブリンの死体と、辺り一面に撒き散らされている血や臭いを今になって認識し、ぐっと喉の奥からこみ上がってきそうになったものを堪《こら》えた。

『アリト、大丈夫？　顔が白いよ？　調子悪いならスノーに乗る？』

「あ、ありがとう、スノー。うん、大丈夫、大丈夫だよ。さあレラルとティンファを迎えに行こう」

声を聞くまで、スノーが隣にずっといたことさえ忘れていた。

自分のテンパリ具合に気づき、ああ、終わったんだな、とやっと思考が戻る。

それと同時に張りつめていた気が緩み、その場に崩れそうになるのを必死に堪えて、惨《さん》劇《げき》に背を向けた。

『死の森』でも、エリルとかに無残《むざん》に噛《か》み殺され、ボロボロになった魔物の死体は何度も見た。

頭では、ゴブリンは殲滅しなければならない敵だと納得している。

だが、それでもやはりゴブリンは人を連想させる魔物だから、どうしても殺すのに嫌悪感があるのだ。

それに、今回の場合はこちらからの一方的な虐殺《ぎゃくさつ》だったということも影響しているのだろう。

この気持ちは、この世界で生きるには呑《の》み込まなければならないのかもしれない。

だが……『死』に対しての感覚が麻痺《まひ》していくのは、日本で生まれ育った自分が薄れていくようで怖いのだ。

だからこそ、命のやり取りで味わうやり切れない思いは、ずっと持ち続けていたいと思う。

この後味の悪さの、全てを。

『レラル、終わったよ。今迎えに向かっているから』

『うん！　こっちは何も来なかったよ』

一歩一歩進むごとに、心の奥底へやり切れなさを沈《しず》めていく。

うん、大丈夫。大丈夫だ。

「アリトさん！　大丈夫でしたか？」

自分を呼ぶ声に顔を上げると、木々の間から手を振っているティンファの姿が見えた。

ああ、そうだ。この戦いは、ティンファたちが襲われたりしないために、必要なことだったのだ。

心配そうにこちらを見ているティンファの表情で、ストンとつっかえていたものが落ちた。

「ティンファ。ああ、大丈夫だよ。リナさんも俺もかすり傷一つないし、ゴブリンも全部倒したよ」

ティンファの前に立った時、まだ顔色は悪いかもしれないが、なんとか微笑みを浮かべることができた。

「……そうですか。では行きましょう。私も処理をします。案内してください」

そんな俺の気持ちをティンファは見抜いているのだろう、真っすぐな目で見つめた後、労《いた》わるように微笑んだ。

一瞬、あの惨状《さんじょう》をティンファに見せてもいいのか、と思ったが、すぐにその考えは捨てた。

ティンファは決して弱くなく、その真っすぐな瞳で全てを受け止められるのだと、もう俺は知っているのだから。

「……うん。リナさん一人で処理するのは大変だ。行こう」

「わたしも手伝うよ！　穴掘るんだよね？」

「ああ、そうだよレラル。皆で穴を掘ってゴブリンを埋めるんだ。頑張ろうな」

「うん！」

こちらを見上げながら尻尾を緩くふりふりするレラルの姿に、今度は自然と笑みがこぼれ、しゃがんで頭を撫でた。

手から伝わる温もりに、心が癒されていく。

それからゴブリンの集落へ戻り、粗末な家を全て燃やしていたリナさんと合流した。

集落の跡地《あとち》に大きな穴を掘り、ゴブリンの死体を全て集めて火を放って焼く。

「住居をそのまま残しておくとまた集落ができるから、全て処分するの。これでこの集落はおしまいね。では、オークの棲家はここから離れているから、向かいながら適当な場所で休憩にしましょうか。温かいハーブティーでも飲んだほうがいいわ」

リナさんの言葉を聞いて、思っていたより日が高いことに気づく。

ああ、まだお昼にもなっていなかったのか。気分的にはもう夕食前って感じだった。

「わかりました。アディーには偵察と警戒をしてもらいます」

『アディー、モランの先導で移動するから、アディーは周辺の偵察と警戒を頼むな』

『ふん。まあ俺の手を煩《わずら》わせずに済ませたからな。ついでに休憩場所を探しておいてやる』

『ありがとう、アディー』

森の中をゆっくりと歩き、アディーが見つけた場所で昼休憩にした。

正直、食欲はなかったが、皆は少し食べるということで、気分転換も兼ねて作ることにした。パンだけでいいと言われたんだけどね。

さらっと食べられるように、野菜のスープに炊いておいたご飯を入れて雑炊《ぞうすい》にする。

「アリト君、凄く美味しいわ！　これなら疲れている時でもすんなり食べられるわね」

「これは病気の時とかにもよく食べるんですよ。卵があったらもっと美味しくなるんですが」

「でも、十分美味しいです！　お腹が温まってほっとします」

皆、気に入ってくれて良かった。雑炊はするっと食べられるからな。

皆が美味しそうに食べている姿を見て、俺もゆっくりと雑炊をスプーンですくう。

一口呑み込むと、お腹へ落ちていく熱で、緊張のために強張《こわば》っていた身体が温まってほぐれていくようだった。

「さて。オークのほうはまだ集落ではないし数が少ないから、もしかしたらそれぞれの個体が棲家から離れているかもしれないわ。アリト君とティンファちゃんはどうする？」

そう、ゴブリンの集落だけではなく、まだオークの討伐があるのだ。

気分的にはもう今日は終わりにしたいのだが、そうも言ってられないよな……。

「行きます。オークはまだ見たことがないので、確認もしておきたいです」

オークはこれまでに一度も遭遇したことがない。見かけたら殲滅する相手なら、今後のためにも知っておいたほうがいいよな。

「……私もまた何もできないかもしれませんが、一緒に行かせてください」

「わかったわ。じゃあ暗くなる前に終わらせたいから、行きましょうか。もう少し進むと棲家があるはずよ。ただ、餌《えさ》を求めて徘徊《はいかい》している可能性もあるから、ここからは気配を殺しながら行くわよ。アリト君、アディーに偵察をお願いしてもいいかしら」

「はい、近くにいないか探ってもらいます」

不在かもしれなくても、住居があるなら、まずはそこを先に狙って確実に潰《つぶ》したほうがいいだろう。

『アディー、偵察をお願い。周囲にオークを見かけたら知らせてくれ』

『ああ』

アディーが優しいな。今も雑炊の匂いで敵を引きつけないよう、風の結界を作ってくれているのを俺は知っている。

「スノーとレラルも警戒をお願いな」

『わかったの！　スノーにまかせるの！』

「うん！　おねえちゃんと頑張る」

気持ちを切り替えて立ち上がり、モランの先導で住居へと歩き出した。


『アリト、止まれ。左手からオークが一匹来る。まだお前たちに気づいた様子はない』

『ありがとう。様子が変わったら教えてくれ』

アディーから警告が来たのは、昼食場所から少し進んだ場所だった。

『スノー。左からやってくる魔物はいるか？』

スノーは一瞬集中し、向きを変えた。

『んー。あ、いたよ。こっちには全然気づいてないの』

「リナさん、左手からオークが一匹来ます。気づかれてはいません」

「わかったわ。では、ティンファちゃんとレラルちゃんはここで待機。警戒と、魔法をいつでも使えるように準備を忘れないで。アリト君とスノーちゃんは気配を殺して、こちらから近づきましょう。スノーちゃん、先導してくれる？」

「はい。スノー、お願いな」

『うん！　こっちだよ！』

気配をできるだけ殺し、足音を立てないようにそっとスノーの後をついて行く。

『アリト。もう少しで見えるよ。まだ気づかれてないの』

『ありがとう、スノー。リナさんと俺が弓で先制攻撃するから、スノーはフォローをお願いな』

念話でスノーに頼むと、リナさんに小声で話しかける。

「リナさん。もうすぐ見えるそうです」

「了解。では二人同時に弓で攻撃を仕掛けるわ。ただ、オークは弓だけだと倒しきれないから、その後は魔法を使って」

「はい」

弓を構えてスノーが示した方を窺っていると、木々の間からこちらへ近づいてくるオークの姿が見えた。

オークは豚に似た顔をしていて、恐らく二メートル以上はありそうな巨体だった。二足で歩き、太い腕には丸太で作ったであろう、大きな棍棒《こんぼう》を持っている。

想像通りの姿で、逆に一瞬戸惑ってしまった。

弓の射程《しゃてい》までオークが近づいた時、リナさんの合図とともに先制攻撃の矢を射た。

「ゴガァッ！」

矢は頭と胸に命中したが、オークは倒れることなく体勢を崩しただけだった。

俺たちは、こちらへ下がった頭へ向けて矢を放つ。

「グガァアァッ⁉」

次々と矢が命中するが、全身に矢が刺さってもまだ倒れないオークに、俺が風の刃を放とうとした時、リナさんの風魔法がオークの首を切り裂いた。

半分切れた首からどす黒い血が噴き上がり、さすがのオークも倒れて動かなくなる。

「さあ、アリト君。急いでアディーに周囲を探ってもらって。今の戦闘音と血の臭いで別のオークが来るかもしれないわ」

『アディー、周囲にオークの姿は見えるか？』

『右手の方から二匹来るぞ。血の臭いで気づかれたな。ここからはやや離れているが』

「リナさん、まだ少し距離はありますが、右手から二匹向かってくるそうです」

「では、このままそちらへ向かって迎撃《げいげき》しましょう。ティンファちゃんたちに近づけないようにしないと。アリト君、二匹いるなら速攻で片付けないと危ないわ。弓で牽制《けんせい》した後は、魔法で攻撃して片方を倒してちょうだい。私はもう一匹を倒すわ」

「わかりました」

それからオーク二匹を無事に倒し、周囲にはもういないということで、ティンファたちと合流してから先ほどの一匹と合わせて後処理をした。

その間に、アディーとモランが残りのオークは棲家にいることを確認してくれたので、

俺たちはその後に棲家へ行って襲撃、なんとか全てを倒すことができた。

結局、オークに一番多く止《とど》めを刺したのは、スノーの魔法と牙だった。

オークの肉は食べられるそうなので、解体してリナさんと分け、素材として使えない部位はいつもの通りに土へ埋めて処理を済ませる。

それが全部終わる頃にはかなり日が傾いていたので、急いでその場から移動し、森をもう少しで抜けるという場所で野営となった。

ゴブリンよりもオークは巨体で豚に似た顔だったせいか、同じ人型でも落ち着いて対応することができた。

ただ、もう少し数が多かったなら、今の俺では手に余っただろう。

今後も油断はできないと肝《きも》に銘《めい》じて、その夜はスノーのお腹で早々に寝てしまったのだった。

第十一話　エリシアの街へ

いつもと同じように、日の出とともに目が覚めた。

目を開くと視界一杯に広がったスノーのもふもふな尻尾に、思わず手を伸ばして抱きつく。

さらさらな毛並みと温もりが、冷えた身体と心に沁《し》み込んできた。

『おはようなの、アリト』

『おはよう、スノー。もうちょっと尻尾を貸してな』

『いいよー。えへへ。ちょっとくすぐったいけど、もっと撫でてなの！』

まだ眠っているリナさんたちを起こさないようにしないといけないと思いつつ、ついスノーのお腹の上で全身でもふもふを堪能してしまった。

スノーに癒されてやっと動きだす気になったが……身体が重くてだるく感じる。

でも、これは体力的なものではなく、精神的なものが原因だろう。

まだ昨日の戦いが尾を引いているのだ。

果敢《かかん》にも、ティンファがオークの解体を教えてくれと言ってきた時は驚いたけれど、一通り説明を受けた彼女が血を浄化でキレイにしながら捌《さば》く姿には逞《たくま》しさを感じた。

昨日の夕飯は、時間も遅かったし作る気力もなかったから簡単なもので済ませたのだが、今日は朝食といってもがっつり作ろうかな。

いつものように結界用の魔力結晶を回収し、朝食の支度を始める。

『アディー、もうすぐ街に着くんだっけ？』

『ああ。ここからなら今日中に到着するだろう』

そうか。だったらまだパンが残っているから、主食はパンにして、と。

カバンから野菜を取り出し、大きめに切ってコンロにかけた鍋に入れる。

それが終わると肉を切り分けて半分を鍋に入れ、もう半分は下味をつけて焼肉にした。

「おはよう、アリト君。なんか朝から豪勢《ごうせい》ね？」

「おはようございます、アリトさん」

「おはよう、アリト」

「おはよう。昨夜はパンと干し肉しか食べなかった分、今日は朝からがっつりです。ティンファ、ポトフにしたから、よそって持っていってくれないか。レラル、肉もすぐに焼けるからな」

野菜たっぷりのポトフと焼肉にパンという、朝にしてはボリュームたっぷりの献立だが、皆嬉しそうにキレイに食べてくれた。

「アディーによれば、今日の日暮れまでにはエリシアの街に着くそうです」

「わかったわ。エリシアの街に着いたら私は討伐ギルドへ昨日の報告をしなきゃいけないし、アリト君も買い出しとか薬草を売ったりするわよね。何日か、街でゆっくりしましょうか」

「そうですね。二、三日滞在するのもいいかもしれません」

「では、私も街で商人ギルドへ登録して、路銀の足しに手持ちの物を売ってみます。エリシアの街は久しぶりなので楽しみです」

旅ではギルドカードがあると何かと便利なので、ティンファも商人ギルドに登録したほうがいいだろう。そうすれば、ハーブティーとかも売れるしな。

「今日も薬草を採りながら行きましょう。シラン草とか、そろそろ入用になると思うのよね」

確かに寒くなってきたから、熱さましは需要が高まる時期だよな。

「はい！」


それから昼前には何事もなく森を抜け、昼食を食べてから遠くに街道を見ながら歩き、日暮れ頃には無事にエリシアの街へ入ることができた。

レラルも含めて従魔が三体ということで、門番にはかなり驚いた顔をされたが、リナさんが討伐ギルドの特級のギルドカードを出したからか、すんなり通された。

「とりあえず宿を決めてしまいましょう。それから私は夕飯前にギルドへ報告に行ってくるから、戻ったら一緒にご飯にしましょうか」

「はい。じゃあティンファ、俺たちも宿をとったらすぐに商人ギルドへ行こうか。俺もレラルのことを登録しないといけないし、売れる薬があるか商人ギルドで聞きたいからね」

「はい、お願いします」

「じゃあ行きましょう。ギルドの近くには従魔も一緒に泊まれる宿が必ずあるから」

話がまとまったところで、リナさんが先導して歩き始める。

街壁は二メートル程度と低いが、街の規模はイーリンの街と同じくらいだった。ティンファによれば、この近辺では一番大きな街だそうだ。

門からは幅のある大通りが続き、その両脇に大きな商店や高級宿などが並んでいる。

大通りを歩いていると、日暮れという時間もあってか、かなりの往来《おうらい》があった。

「おお」

すれ違う多くの人が、多種多様《たしゅたよう》な外見的特徴を持っている。ナブリア国の王都でも見かけなかったような容姿の人も大勢いた。

エルフみたいに耳に特徴のある人や、多様な獣の耳と尻尾を持つ獣人族。とても小柄な人たちは、妖精族や小人種族、ドワーフ族などの混血の人だろうか。

獣人の中には、人族と同じく顔の横に獣耳がある人もいて、そういう人は尻尾もあったりなかったりした。

ついつい目がいってしまって、また田舎から来たおのぼりさん状態になってしまったよ。

「アリト君はエリンフォードは初めてだものね。ここは元々霊山に生まれたハイ・エルフ様が作った国で、最初は霊山と周囲の森にエルフや獣人族、妖精族、精霊族が住むだけだったというわ。こうして平地にも街ができて他国と交流もある今は、混血の人のほうが多いわね」

だからエルフよりも他種族や混血の人が多いのか。人族の姿もそれなりに見かけるが。見渡す人の多くが何かしらの種族的特徴を持っているのを見ると、異世界を旅しているんだな、としみじみ実感する。

もし最初にこの国に来たら、慣れるのに時間がかかってボロが出ただろう。

「私の村はエルフや妖精族の混血の方が多かったです。でも、私の家系のように様々な種族の血が入るのは珍しいですよ。同じ特徴を持つ人と婚姻《こんいん》を結ぶ人がほとんどですから」

小柄な妖精族の特徴を持つ人などは、同じく小柄な人と結婚することが多い、という感じか。

「でも、やっぱり大きな街になると色々な人がいるから。ティンファちゃんもせっかくアリト君が用意してくれたみたいだし。その帽子？　を街中では外さないほうがいいわよ」

「はい」

ここまでは街道からかなり離れて移動してきたので、ティンファも耳を隠さずにいたが、森を出てからは俺が作った三角巾のような帽子を被《かぶ》っている。

街を行き交う人の容姿はバラエティに富んでいるから、ティンファが耳を覆っていても目を向ける人は今のところいない。これなら大丈夫そうだ。

レラルも当然、森を出た時から獣姿のままだ。今は大型の猫くらいの大きさで、マントで背中のうっすらとした豹柄も隠れている。

足元を歩くレラルは長い尻尾をゆらゆらさせながら、俺よりもキョロキョロとあちこち見回していた。その姿はとても微笑ましいが、はぐれたらまずいから抱えたほうがいいだろうか。

「あ、討伐ギルドが見えてきたわ。どうせだから、ギルドで宿を聞いてくるわね。二人はギルドの前で待っていてくれるかしら?」

「わかりました」

大通りにはいかにも高級そうな宿しかないので、探すよりも紹介してもらったほうが早いだろう。

ギルドの建物の前で、目立たないよう端《はし》に寄ってスノーの前に立つ。

『スノー、ごめんな。ちょっと俺の後ろで座っていてくれ。レラルもスノーの隣にいてな』

『うん』

『わかったよ』

討伐ギルドを出入りする人たちが、ちらちらとこちらを見て通り過ぎるのを知らん顔でかわしていると、リナさんが戻ってきた。

「お待たせ。この裏へ行った場所にある宿がいいと聞いたから、そこへ行きましょうか。

商人ギルドはこの大通りをもうちょっと歩けばあるそうよ」

「「ありがとうございます」」

ふう、間一髪《かんいっぱつ》だった。柄の悪い四人組が、ちょうどこちらへ向かってくるところだったのだ。

目的がティンファかスノーたちかは知らないが、俺もティンファも小柄だから、いいカモだと思われたのだろう。

リナさんと合流してそれとなくその四人組の方を窺うと、ジロジロとリナさんを品定《しなさだ》めするように見た後に討伐ギルドへ入っていった。

「すみません、リナさん。なんとかやり過ごせました」

「いいえ、私も悪かったわ。そうよね、二人はただの子供に見えるから、二人だけで歩いていると、もしかしたら今後もああいう連中に目をつけられるかもしれないわ」

俺の外見が成人前で侮《あなど》られるのは仕方ないと諦めてはいるが。

この街で絡まれれば、ティンファも逃げる練習をした成果が試せるかもしれないが、あえて面倒事に巻き込まれたくはないよな。

討伐ギルドの脇の道をしばらく進むと、イーリンの街で泊まったようなそこそこの大きさの宿が見えてきた。

「ここよ。……すみません、従魔と一緒に泊まれるかしら？　部屋は大きめの部屋が一部屋と、一人部屋が二部屋の合計三部屋なのだけれど」

中へ入ると正面の受付で、リナさんがギルドカードを見せた。

俺はあらかじめスノーとレラルに浄化をかけて、それぞれの首輪を見せる。

アディーとモランはいつも通り外で休むので、部屋はいらないそうだ。

「浄化はかけてあります。大人しいですし、ちゃんと言うことも聞きます」

「わかりました。では従魔をお連れの方用の部屋一部屋と、普通の一人部屋が二部屋ですね。従魔用の部屋が一泊銅貨六枚、普通の一人部屋が一泊銅貨四枚、食事代は別になりますが」

「では、とりあえず二泊お願いします。それでいいわよね？」

「「はい」」

そのままそれぞれが二泊分のお金を払って、鍵を受け取り部屋へと向かう。

俺が二階、リナさんとティンファが三階の部屋だ。

俺の部屋は一番奥の角部屋で、中へ入るとイーリンの街の宿よりも少し大きめだった。

これならスノーのクッションも出せるし、レラルとも一緒に寝られそうだな。

背負い袋に薬草類と薬を入れ、すぐに部屋を出る。

階段でティンファと会い、そのまま商人ギルドへ向かった。

大通りへ戻ると相変わらず凄い混雑で、道端《みちばた》の露店《ろてん》も大勢の人で賑《にぎ》わっていた。

「とりあえず商人ギルドへ行って用事を済ませてから、店を覗きながら戻ろうか」

「そうですね。お店を見るのも楽しみです」

『レラル、人が多いから俺とスノーの間を歩くんだぞ。危なかったら抱っこするからな』

『おねえちゃんの隣を歩くよ！　色んなものがいっぱいあって見てるの楽しいの！』

隣を歩くスノーのおかげで人が少し避けて歩いていくので、意外とすんなり商人ギルドに到着することができた。

ロビーで様々な種族の商人たちが話している間を抜けて、ティンファと二人、別々の受付に並ぶ。

「すみません、この子の従魔登録をお願いしたいのですが」

受付の女性にギルドカードを提示し、レラルを抱き上げて見せる。

「ようこそ。はい、従魔の登録ですね。え？　あ、新たな従魔の登録ですか？」

ギルドカードには既にスノーとアディーの登録が記載《きさい》されている。

三人目の従魔を持つ人はほぼいない。しかも、俺のような子供が登録を申し出たのだから、叫ばれてもおかしくはないのだが、そうされなかっただけ、この受付の女性は当たりだったか。

目立つのは仕方ないともう諦めたが、不必要に探られるのはいやだ。

「はい。森に薬草を採りに入った時に、偶然この子を見つけまして。他の従魔がいるからか、懐かれてしまったんです。登録、お願いできますか？」

「は、はい。わかりました。では、こちらの申請書にご記入をお願いします」

腕に抱かれたレラルが、ニャーと鳴いて小首を傾げて受付係を見ると、彼女は表情が蕩けたまま申請書を出してくれた。

「……では、これでお願いします。それと、ここまで来る間に採った薬草がかなりあります。薬師見習いなので薬も作れますが、今この街で不足している薬草と薬は何かありますか？　あと十分在庫のある薬草も教えてください」

「はい。今ですと薬は熱さましが少々不足しています。他は傷薬や腫《は》れ止め等の薬も十分とはいえませんので、作っていただけたらその分は買い取れます。薬草も在庫が余っているものはありませんから、ぜひお持ちください」

「わかりました。では、明日にでも改めて売りに来ますのでよろしくお願いします」

「こちらこそお待ちしております。では登録が完了しましたので、ギルドカードをお返しいたします」

「ありがとうございました」

やはり、薬はどこでも不足しがちなのだろうか。薬師が多い国といっても、この街は霊山から離れているから少ないのかもしれないな。

今晩作る薬と持ち込む薬草のことを考えながらティンファの方を見ると、見本のハーブティーを受付に渡しているところだった。商人ギルドの登録は問題なくできそうだな。

「お待たせしました。無事に登録することができました」

「うん、良かった。ティンファも売るのは明日だろう？　今日は直営店だけ見ていこう」

ティンファを誘ってギルドの直営店へと向かう。

「うわぁ。とてもたくさんの種類があるんですね！」

「商人ギルドの直営店はかなり品揃えがいいから、大体のものはここで揃うんだよ。とりあえずティンファも店内を一回りしていて。俺も欲しい物を探すから」

「はい！」

ティンファと店内で別れ、向かったのはもちろん食材売り場だ。

うーん……この木の実は、食べてみないと味がわからないけれど、なんとなく雰囲気がクルミっぽいよな。野菜は結構色々持っているが、木の実も買い足しておきたい。

棚《たな》を眺めながら、初めて見る野菜や果実を少しずつ買っていく。

それと豊富な種類があった木の実も、パンやお菓子作りに使えるので買うことにした。

小麦粉のコーナーでそれを一袋手に取り、そしてとうとう、片隅《かたすみ》に置かれていたラースラを見つけた。飼料用として大袋で売られていたが、気にするものか！

「すみません！　ラースラなんですが、在庫はどのくらいありますか!?」

俺は興奮しながら店員さんに声をかける。

「普段は扱っていないのですが、今なら収穫期なのでそれなりにあります。ですが、あれは飼料用ですよ？」

普段は扱っていないということは、今買わないともうエリンフォードでも買えないのか？

だったら、是非《ぜひ》でも大量に買っておかないと！

「え、いや、人に頼まれたんです。あったら買ってきてくれないかって」

「そうですか。本日は荷馬車などで来られていますか？」

飼料用だから、買う人は荷馬車を使うほど大量に買うってことか！

そんなに買えるなら望むところだが、このカバンのことを知られるわけにはいかないしな……。

うーん、二十キログラムくらいなら買っても不自然じゃないか？

「え、ええと。とりあえず今回はお試しでこの袋一ついただけますか？」

「わかりました。お持ち帰りになりますか？」

「はい。この子にも手伝ってもらうので大丈夫です」

「ではご用意しておきますので。お会計の時に申し出てください」

「よろしくお願いします」

ふう。魔法で浮かせて運んでもいいが、そんな運び方している人は王都でも見なかったんだよな。この街でも当然、見ていないし。

アディーに風の制御の訓練にいいと言われて、『死の森』で倒した魔物を運ぶときはずっと魔法で運んでいたのだが、そういえばリナさんに初めて見せた時も驚かれたっけ。

ラースラを大量に買う方法は後で考えるとして、次は調味料コーナーへ向かう。

うーん、シオガはない、か。ここまで持ってくる商人がいないのかもしれないな。

味噌《みそ》っぽいのもやっぱり見当たらないし。最適な豆を見つけて自分で仕込むしかないのか。

ゆっくりと手に取りながら見て回り、薬草のコーナーで生姜に似たものを見つけて買い足した。

「アリトさん。凄い荷物ですね」

「あははは。つい食材を買い過ぎちゃって。そっちは何かいいのあった？」

「ええ！　細々《こまごま》としたものを買いました」

「じゃあ行こうか」

まとめて会計を済ませて品物を受け取ると、ラースラ以外を背負い袋に全てしまう。

ラースラの袋はこっそり風を使って浮かせ、両手で抱えた。

そのままティンファと商人ギルドを出ると、何軒か先の小道をわざと曲がる。

『どう？　スノー。こっちを見ている人はいる？』

『んー。いるけど悪意のある視線はないよ』

『じゃあ、もうちょっと進もうか』

カバンに入れるところを見られるわけにはいかないからな。

「ごめん、ティンファ。もうちょっと奥へ行くよ」

「はい、大丈夫です」

そのまま路地《ろじ》を曲がって、さらに奥に入ると住宅地になる。

進んでいくと、建物の中にぽっかりとある緑の空間に行き当たった。そこだけ森のように木が生えていて、よく見れば入り口近くには、木のベンチも置いてある。

公園、か？　初めて街の中に公園があるのを見たな。

王都でも中心地にこれだけ緑があるのは、図書館や偉そうな貴族の屋敷の庭くらいだった。

「街の中なのに、こんなに木が……」

「妖精族とかは本来、山や森で生活しているので。混血でも木がないと落ち着かないんですよ。だからエリンフォードでは街中でもこういう場所が結構あるんです」

「ああ、そういうことなんだ」

妖精族が多いエリンフォードならでは、ということか。

雰囲気がいいな。ここは。

つい和《なご》んでしまいそうになったが、薄暗くなってきているので早く帰らなければならない。

急いで人目がないのを確認すると、ラースラの袋をカバンにしまう。

「お待たせ。宿に戻ろうか。リナさんももう戻ってきているだろうし」

「そうですね」

一度だけ公園を振り返り、大通りへ歩を進める。

その後は露店を覗きながら宿へ戻り、先に帰っていたリナさんと外で食事にした。

リナさんがギルドへ報告したところ、他の近隣の森でも調査をすることになり、リナさんにも同行して欲しいと依頼があったそうだ。

だから申し訳ないけれど、この街の滞在を延ばして欲しいと言われた。

まぁ、俺たちの旅は急ぐものではないから、それは別にかまわない。

ティンファも問題ないとのことで快《こころよ》く了承すると、リナさんは二日で終わらせると言って翌日の早朝に発《た》った。

そうして、とりあえず二日間はこの街で待機することになったわけだ。

時間ができたので、薬を作って商人ギルドへ卸《おろ》すことにした。そろそろ路銀を稼がないと、オースト爺さんが持たせてくれたお金をまた使ってしまうしな。

「うん、シラン草とペルナ草、ギラン草もあるな。あとは鼻水止めとか腹下《はらくだ》し用の薬も作ってみるか」

カバンの中には、もう『死の森』で作った薬しか残っていない。どうせだから多めに作ってストックしておこう。薬を入れる瓶《びん》も、商人ギルドで仕入れてきたしな。

……エリダナの街へ行ったら、商人ギルドへ行ってから薬を作って、なんてのんびりできないと思うんだよな。これだけは、絶対に当たる予感がするのだ。

最初に作るのは、熱さましや腫れ止めなど、普段需要のある薬だ。初級の薬だが、一番使われるものでもある。

薬草はここまでの旅で採取してきたから、かなり大量にある。

『アリト、スノーも手伝うの！』

「わたしもおねえちゃんと一緒に手伝うよ！」

「ありがとう、二人とも。じゃあ、この薬草に水洗いする感じで浄化をかけておいてくれるかな？」

『「はーい！」』

仕分けを終えたシラン草の束を取り分けて、スノーとレラルの前に置く。

昨晩は食後に部屋でスノーとレラルをブラッシングしていたら、いつの間にか寝てしまっていた。やはり精神的な疲れがまだ残っていたのだろう。だから今日は一日のんびりと薬を作る予定だ。

そうだ。買ってきたラースラも玄米にしておかないと。それに、購入時にあんな言い訳をした手前、不審に思われないように、もっと量を買ってこないとな。

あれこれと、とりとめのないことを考えながら、スノーとレラルに手伝ってもらいどんどん薬を作っていく。

そうしてお昼頃までにそれなりの数を作り終え、朝まとめて買っておいた屋台の料理を温め直して食べると、今度は薬の説明を書いて瓶に貼りつけていった。

「よし、完成だ！　あとは売る分の薬草を束にすれば、夕方前には商人ギルドに行けるかな」

薬を作っても薬草はまだまだ残っていたので、普通の森で採れる薬草は十束ずつ売ることにする。

あとはミランの森で自分が採った薬草を少しは売ろうか。もちろん、リアーナさんからもらった薬草、山奥や森の奥で採った薬草は売るとまずいだろうから、それは除《のぞ》いて、と。

『終わったの？　アリト』

「終わったー？」

「おお、ありがとうな二人とも。あとは薬草を束にして終わりだぞ」

『ねー、そしたらなでなでして？　スノーお手伝い頑張ったの！』

「わたしも抱っこして欲しいな」

もちろん、レラルを抱きしめて頬ですりすりしてからスノーの上に乗せ、スノーとレラルを全身で撫でまわしたりお耳と尻尾を堪能したりしましたが、何か？

「あー、もう夕方か。商人ギルドへ行くのは明日でいいか」

ふと視線を感じて振り向くと、いつの間にか窓から入ってきたアディーに、呆れた顔で見下ろされていた。

トントントン。

「アリトさん、いますか？」

ノックの後に呼びかけられ、俺は扉の向こうに返事をする。

「いるよ、ティンファ」

「良かった。夕食を一緒に食べに行きませんか？」

「ああ、いいよ。今開けるから」

ティンファを部屋に招き入れ、出していた荷物を片付ける。

薬草は背負い袋に。薬の瓶はカバンにどんどんしまっていった。

「凄い量ですね。この薬は全部アリトさんが作ったんですよね？」

「そうだよ。今日はずっと、今まで採取した薬草を仕分けて薬を作っていたんだ」

「私は慣れない旅で疲れていたのか、ゆっくり寝てしまって。お昼頃に起きてからアリトさんたちに教わったようにお茶とか売り物を作っていました」

「村からこの街に着く間に採っていた分を売れば、エリダナの街までの旅費になるんじゃないかな？」

「はい。アリトさんとリナさんのおかげで、旅費以上に十分稼げそうです。ありがとうございます」

「俺もティンファに食べられる野草とかお茶用のハーブとか教わったしね。じゃあお待たせ、行こうか」

　それから窓を振り返り、念話を送る。

『ごめん、アディー。戻ってきたらご飯出すから、ちょっと待っていてくれ』

『フン。いい肉を出すんだぞ』

『ああ、わかったよ』

　宿に別料金を払って頼めば食堂でも食べられるのだが、やはり討伐ギルドが近いからか、男性客が多い。

　ティンファと俺だけだと、目をつけられてろくなことにならなそうなので、大通りの広場にある屋台へ向かった。

「私は山とか自然が好きですが、こうやって街を歩いていると、村にはなかった物がいっぱいあって楽しいです。これは何だろう？　って考えるだけでわくわくします」

「そうだよな。俺も初めて街へ出た時は、見る物全部が珍しくて色々見て回って買い物したりしたよ。ティンファも明日、商人ギルドでの用事が済んだら、買い物に回ってみたらどうだ？」

「そうですね。せっかくだからそうします。服とかも替えを見てみようかと」

通りの露店や店先を覗きながら歩いて、様々な屋台が並んでいる広場に着いた。

「うわぁ！　こんなにたくさんの屋台があるなんて！　とてもいい匂いです！」

「あははは。今は夕方だから、食べ物の屋台が多いのかな。色々買って食べようか」

「はい！」

ナブリア国とは違う料理も多く、あちこちから漂う匂いにつられて歩き回り、買い集めた物を持って、広場の隅にあるテーブル席につく。

「やった！　久しぶりの魚だ！」

「ふふふふ。そのお魚のお店を見つけてから、アリトさん、とても嬉しそうですね。私はほとんど食べたことがないのですが、お魚が好きなんですね」

「うん、好きだよ。旅をしていてもなかなか食べられないんだけれど」

広場で魚料理を出している店を見つけて、この辺りで獲れるのか興奮して聞いてみたら、近くに湖があってそこで魚が獲れると言われたのだ。

「なあ、ティンファ。もし遠回《とおまわ》りにならない場所だったら、さっきお店で聞いた湖に寄ってもいいかな？　ちょっと魚を獲りに行きたいんだ」

「いいですよ。私もエリダナまで急いでいるわけではありませんので。それに、アリトさんの作った美味しいお魚料理が食べられそうですしね」

「任せてよ！　絶対美味しいものを作るから！」

リナさんに聞いて了承してもらえたら、寄り道だな！

『アリト！　魚獲るの？　棒でひょいって』

『魚？　棒？』

以前に俺が魚釣りをしているのを見たことがあるスノーはわくわくしているが、レラルはわけがわからないといった表情をしている。

『そうだぞ、スノー。また魚を獲るんだ。レラルも湖に行ったら驚くぞ！　魚料理、楽しみにしていてくれ！』

獣姿のレラルは外ではご飯を一緒に食べられない――厳密《げんみつ》にいえば、俺が食べさせるのに抵抗がある――ので、宿で食べるように魚料理も買ってある。

街ではレラルに自由にさせてあげられないが、猫といえば魚だろう。釣った魚を料理してレラルに食べさせてやったらどれほど喜んでくれるか、とても楽しみだ。

その後は宿に帰って屋台で買った料理をレラルに出し、アディーとスノーにはとっておきの肉を振る舞った。

第十二話　種族の違い

「じゃあ俺はあっちに並ぶから」

「はい。では、買い取りが終わったら直営店で待ち合わせということで」

朝食を屋台でとると、ティンファと商人ギルドへ来た。

もちろん、昨日作った薬と薬草を売るためだ。

朝の商人ギルドは、これから街を出るため買い付けに来た人や、俺たちのように売りに来た人などで賑わっていた。買い付けに来た人の中には、荷馬車に大量に積み込んでいる人もいる。

受付にはどこも長い列ができていたが、俺もティンファも別々に、一昨日の受付の人の列に並ぶ。

レラルを抱いて並んでいたので、周囲からかなり注目を集めたものの、特に絡んでくる人はいなかった。

「お待たせいたしました。本日は薬と薬草をお売りいただけるのでしょうか?」

俺の番になると、受付の女性からそう切り出された。レラルを従魔登録した時のことを覚えていてくれたみたいだ。

「はい。昨日のうちに薬を作りました。結構、量があるのですが」

「わかりました。では、買い取り用の部屋へご案内いたします。こちらへどうぞ」

今まで訪れた街のどこの商人ギルドでも、買い取り専用の部屋があった。周りの目がある場所で取引をすると、色々問題が出るのだろう。

「では担当の者を呼んで来ますので、その台の上にお売りいただける品物を出してお待ちください」

買い取り用の部屋はどこも同じような造りで、小部屋の真ん中に大きめの台がある。

その台の上に、今回売る予定の薬草と薬を取り出して並べていった。

「お待たせいたしました。……こ、これは！　とても貴重な薬草まで、ありがとうございます。こちらを全部お売りいただけるということでよろしいでしょうか」

あー、なんかまたやっちゃったか？

今回は、そこまでまずいものを出したつもりはないのだが。

「……はい。薬草はナブリア国からの旅の間に採取したものです。薬は使った薬草と効能の説明をつけてありますが、熱さまし、腫れ止め、傷薬、鼻水止め、腹下し用、あと咳止《せきど》めになります」

薬草は個別にきちんと処理をしたものだ。いくら魔力に包んでカバンに入れておいても、保てる鮮度《せんど》には限界があるので、乾燥などの処理は定期的にしてある。この国に入ってから採った薬草は、そのままのものもあるが。

「処理された薬草もそうでないものも、非常にいい状態です。薬も一見しただけで薬草の魔力がきちんと感じられます。素晴らしい。これはミラール草、ですね？　大変貴重な薬草までお売りいただいてありがとうございます」

驚かれたのは、リナさんに教えてもらって採ったミランの森の薬草か。量がかなりあったから、少しだけでも卸そうかと一束分出したのだ。

「……ミランの森を通ってきたので」

「これはミランの森のものでしたか！　かなり質のいい薬草です。これだけの物はなかなか入荷しません。ありがとうございます」

あー、しまったな。まあ明日か明後日《あさって》にはこの街を出る予定だから、それまで面倒に巻き込まれないようにすれば大丈夫だろう。

「では、査定《さてい》させていただきます。お時間をいただきますが、どうなさいますか？」

「ギルドの直営店で買い出ししています。しばらくしたら戻りますので」

「わかりました」

『スノーもレラルも、もうちょっと待っていてな』

『『はーい！』』

直営店で時間を潰し、しばらくしてから買い取り用の部屋へ戻って、用意してあった代金を受け取った。それから、ロビーでティンファの姿を探す。

ミラール草は一束でなんと銀貨六枚にもなった。そりゃあ驚かれるわけだよ。

結局合計金額は、金貨四枚と銀貨二枚だ。薬草もこんなにもいい状態でこれだけの量を持ち込んでくる人はなかなかいない、ととても感謝された。

「ティンファ！　待たせたか？」

「アリトさん。いいえ、さっき終わったばかりですから」

ティンファと合流すると、これはヤバいかな、とイヤな予感に襲われる。

俺はすぐにティンファを連れて商人ギルドを出た。

恐らく、高額な品の取引をしたことが雰囲気からバレたのだろう。

『スノー、こっちを見ている視線はあるか？』

『んー、あるよ。下心？　と、悪意ある視線で見ている人がいるの』

『……やっぱりか。どれくらいいるかな？』

『全部で六人くらい？』

『じゃあその人たちが近づいてきたら、回避《かいひ》する道を教えてくれな』

『わかったの！　スノーにまかせてなの！』

とりあえず昼食をティンファと一緒にとることにして、屋台へ向かう。

その間にもこちらをつけてきている連中を、スノーの警告を受けながら避けて歩いた。

人混みだと紛れやすいが、気づいたら包囲されていそうな怖さがある。

「……アリトさん、もしかして誰かつけて来ているんですか？」

急に道を曲がったり、壁に寄って立ち止まったりしているから、ティンファも気がついたようだ。

「ああ。商人ギルドへ品物を売った時は、その後で警戒しないとダメなんだ。スノーがいるのに、今日はしつこいな」

「気がつきませんでした。こういう時はアリトさんに教わったように、風魔法で屋根の上へ逃げる、でしたね」

「そうだね。気づいていれば対処もしやすいと、これでわかっただろう？　包囲されてしまったら、上しか逃げる道はないからね。こういうのはよくあることだから、ティンファも街を歩く時は常に警戒をしていないとダメだよ。今はスノーが避ける道を教えてくれているから大丈夫だけど……このまま振り切って、昨日の公園ででも食べようか」

「それはいいですね。では行きましょう」

狼系従魔のスノーが一緒でも、小柄な子供に見える男女二人ということもあって侮られたのか、しつこく付きまとわれている。

どうしようかと思った時に、ふっと一昨日偶然見つけた公園を思い出したのだ。

スノーに誘導してもらい、なんとか公園までに追手《おって》を振り切ることができた。

「ふう。さすがにもう追ってこないと思うけれど、見つかると面倒だから奥に行こう」

公園に生い茂る木々の間を奥へ進むと、少し開けた場所に着いた。そこにはテーブルや椅子も置いてあり、俺たち以外にも何組か休んでいる人がいる。

「ちょうど良かった。そこに座って食べようか」

「そうしましょう。なんだかここはとても落ち着きますね。いい場所を見つけました」

「確かに、こういう木に囲まれているような場所のほうが落ち着くよな」

二人で買ってきた屋台の食事をのんびりと取り、コンロを出してお茶を淹《い》れた。

ぼんやりお茶を飲みながら、この広場にいる他の人たちを眺める。

広場に寝転がった獣人族の男性を膝枕《ひざまくら》する、エルフの混血だと思われる女性。

椅子に座って、獣耳を持つ小さな子供と、獣耳のない子供をあやしている獣人族系の母親。

小柄なドワーフ族系の男性と、妖精族の混血だと思われる小柄な女性。

そして……。

「ふふふ。ご夫婦でしょうか。微笑ましいですね」

「え、夫婦？　俺にはお爺さんと孫《まご》に見えたんだけど」

視線の先には、ベンチで休む年老《としお》いた男性に、微笑んで飲み物を差し出す十代にしか見えない女性の姿があった。

「多分夫婦だと思いますよ。ほら、気遣いの仕方がそんな感じでしょう？　この国にはエルフの方々が多いので、混血を重ねるとそういうこともままあるんです」

そうか。今のエルフの寿命は、大体三百年くらいだとリナさんに聞いた。

妖精族は種族にもよるが、寿命が二百年から四十年までまちまちらしい。

ちなみに人族の寿命は、地球とあまり変わらず八十年くらいだ。

それで混血になると、寿命は実際に生きてみないとわからない。まぁ、老化の進み具合とかでだいたいは推測できるのだろうけど。

くつろいでいる人たちを改めて見ると、どんな間柄の人たちなのかわからなくなった。

誰もが寿命で死ぬわけでもないが、下手したら夫婦でも寿命の違いが何百年単位の話になるのか。

……オースト爺さんはどれくらいの年月を過ごしてきたのかな。あの『死の森』に住みだして何年になるのだろう。

ふと、五十代くらいに見えるのに自然と爺さんと呼んでいたオースト爺さんの姿が思い浮かんだ。

その瞳と佇《たたず》まいから、俺は初めて見た時から無意識のうちに永《なが》い年月を感じていたのだと思う。

旅の前のオースト爺さんの言葉を思い出す。

『いいか。この世界はお前さんのいた世界とは違って、様々な種族がおるのだ。儂《わし》らエルフのように永い時を生きる者もいれば、儚《はかな》い者もおる。だからお前さんが人と多少違っていたとしても、ここでは何も気にすることはないのじゃぞ？』

ああ、そうだ。この世界ではそれが当然のことだから、みんな普通に笑っていられるんだ。

「なあ、ティンファ。……混血同士の結婚だと、結婚する前に相手に先立たれたり、相手を残して一人先に老《お》いていったりする場合もあるってわかっているよな。それは……怖くないのか？」

つい口に出してしまったが、『かなり様々な種族の血が入った家系』と自分で言うティンファに対して、無神経な質問だったと後から気がついた。

慌ててティンファの方を向くと、彼女はふんわりと優しい笑みを浮かべている。

「ふふふふ。そうですね。エルフと他種族との間の子であるハーフエルフでも、エルフのように永い時を生きる人もいるし、もう片方の種族と同じ寿命を持つ人もいます。同じ両親から生まれた兄弟でさえも、そうなのです。どう生まれるかは選べません。だから、それを考えても仕方ないですし、気にしていたら何もできないと思いませんか？」

ティンファの両親はもう亡くなっている。外見に精霊族の特徴が強く出ていても、精霊族と全く同じ性質を持っているわけではない。

自分にどういう力があって、どれくらい生きられるかわからないという意味では、俺と同じ不安を抱えているはずなのだ。

自分が『落ち人』で、どういう存在なのかわからないと不安に思い旅に出たが、人と違うことはこの世界では当たり前のことなのだと、やっと実感できた気がする。

……オースト爺さんは、だから世界を見てこいって俺を旅立たせたんだな。

そう理解はしても、やはり胸の奥でチリチリとした痛みが疼《うず》く。

俺は元々この世界に生まれたわけではないのに。

どうして俺はわけもわからないまま、この世界で生きていかなければならないのか？

そう。ずっと。

オースト爺さんに色々教えてもらい、自分で折り合いをつけた気になっていたけれど。

どうしても胸の奥底には、『落ち人』になったことに納得できない自分がいるのだ。

だから、ミランの森で俺と同じ立場の倉持匠さんが残したものを見て、あんなにも心が揺さぶられたのだろう。目を背《そむ》けていた自分の感情を、まざまざと見せつけられたから。

「アリトさん？　アリトさん、どうしました？　顔色悪いですよ」

「……ごめん。ちょっと考え事に没頭《ぼっとう》していたみたいだ。悪いけど、俺は宿に戻ることにするよ」

「はい。今日はゆっくり休んだほうがいいと思います」

理不尽さだけに目を向けて、心が真っ黒に染まりそうになった時、ティンファの声でやっと現実に立ち返ることができた。

俺のことを気遣い、とても心配そうに覗き込んでくるティンファの姿に、ついまた口を開く。

「ねぇティンファ。ティンファは怖くないのか？　自分がいつどうなるかわからないのは」

そう。俺は怖い。怖くて仕方がないのだ。

成長しない身体で、もしかしたらオースト爺さんのように永い年月を生きることになるかもしれないことが。

「そうですね。私がこうして生きているのは、私の両親が、そのまた両親の両親が、想い合って命を繋いできてくれたおかげですから。それに感謝こそすれ、怖いとは思いません」

それは自分が今生きているのを否定してしまうことですから――

そうきっぱりとキレイな笑みを浮かべながら言ったティンファのことを、俺は目を離せないままずっと見つめていたのだった。

その日の夕方、リナさんからの手紙をモランが届けてくれた。

夜には戻れるが、明日ギルドに報告しなければならない、とのことだったので、出発は明後日で大丈夫ですと返事を出す。

昼間に公園で、キレイに笑うティンファをただ呆然と見ていた俺は、あれから結局、真っすぐに宿へ戻ってきた。

ティンファには悪いが、商人ギルドから付きまとっていた奴らに見つかると危ないので、今日は宿から一人で出ないようにと言って別れたのだ。

夕食の約束はしてあるから、その時にリナさんの手紙のことを伝えればいいだろう。

『アリト、もう大丈夫？　もっと寝る？』

「ありがとう、スノー。もう大丈夫だよ」

大きくなったスノーのお腹に背を預けながら、脇で丸くなってまどろんでいるレラルをそっと撫でる。

あの時こみ上げてきた、冷たくて暗い感情は、今はまた胸の奥底に沈んでいる。

スノーとレラルの温もりを感じながら、一つ一つ自分に言い聞かせる。

元の世界とスノーやオースト爺さんたちがいるこの世界、どちらを選ぶかといえばこちらの世界を選ぶだろう。

元の世界へ戻れると言われても、今はもう迷うことなくこちらを選択する。

向こうには、もう俺の家族と呼べる人がいない。

でもこの世界に来て、また大切な存在ができた。

そのことを考えれば、俺にとってこの世界に来たのは悪くない未来だったのだ、と。

でも、もし日本にいた頃に、あの痛みを伴いながらこの世界に『落ちて』来るか？　と問われれば、答えは『否《いな》』だ。

俺はラノベやファンタジー小説は好きだったが、自分で行きたいか？　と言われれば、ああいう世界は物語だからいいのだ、と答える。

祖父の家の裏山に入る時でさえ、慎重に用心深く、怪我や命の危険がないか警戒し、ある種の覚悟を持って祖父の背中を追っていた。

そんな俺が、死の危険がすぐ傍に転がっている『剣と魔法の世界』に行きたいか？　と問われたら無理だとしか言えない。

その感情の矛盾《むじゅん》がぐるぐると心の奥底で回り、塊《かたまり》となって胸の奥に積もった黒い感情。

この感情との付き合い方は、俺次第だとわかってはいるのだ。

はあ、と出たため息を止めることはできず、気分を切り替えるために思いっきりスノーに抱きつく。

「よし！　スノー、今ご飯を用意するよ。レラルにも肉を焼くから、それ食べて屋台から戻るまでの腹の足しにしてくれな。その後は、屋台で食べたいヤツを買ってこよう」

部屋の窓からは夕暮れの空が見える。そろそろティンファァと約束した夕食の時間だ。

手早くスノーたちの肉を用意して、ティンファァと待ち合わせた宿の一階へ向かった。


「ティンファ、待たせちゃったかな？」

「いいえ、大丈夫ですよ」

「リナさんから手紙が届いて、今日の夜に戻って来るけれど、明日ギルドに報告しなきゃいけないってさ。だから出発は明後日でいいですよって返事したんだけれど、いいかな？」

「ええ、もちろんです。リナさんが疲れているなら、明々後日以降でもいいですし」

「そうだな。じゃあ今日も夕食は屋台にしようか。スノーもいるから大丈夫だと思うけれど、昼間のことがあるから周りの気配には注意してくれな」

「わかりました。では行きましょうか」

さっき、俺の様子は明らかにおかしかっただろうに、ティンファはそれには触れずに、ただニコリと微笑んだ。

正直、ほっとした。大丈夫ですか？　と聞かれても、笑顔で大丈夫だと言える自信はまだなかったから。

『アディー、広場の屋台に行くから、もし不審な動きをする人がいたら教えてくれ』

『ああ』

さすがに今日はもう面倒は嫌だ。スノーとアディーが何か察知したら、すぐ避けてしまおう。

結局、ティンファは街を見て回れないままだったから、のんびり露店や店で買い物をしながら広場まで向かう。

何度か脇道に逸れたが、無事に広場にたどり着いた。

広場は今晩もやはりいい匂いと活気に満ちていた。

酒を片手に陽気にはしゃぐ討伐ギルド員だろう人たちや、屋台で買った料理を仲良く分けている家族連れ。中には、怪《あや》しい動きをしながら人の間を歩いている人もいる。

そういう風景は地球でもこちらの世界でも変わらない。

まあ、耳が獣耳だったり長かったり尖《とが》っていたり、といった違いは色々あるけれどな。

「どうしましたか、アリトさん。今日も魚料理を探しますか？　昨日とは別の料理を出している店もあるかもしれませんよ」

つい立ち止まった俺に、ティンファがきょとんとした顔を向けた。

「……そうだな。魚料理を探してみようか」

「ええ。じゃあ今日は昨日と反対側から屋台を見てみましょう」

「ああ」

笑顔で歩くティンファを見ていると、今はただこの場を楽しんで、難しいことはまた後で考えればいいかという気になった。

考えても答えなど出ないのだ。

だったら今は異世界を楽しいと思う心のままに旅をすればいい。

うん、そうだよな。

そう切り替えた途端《とたん》、自分が空腹《くうふく》だったことに気づいた。美味しそうな匂いに釣られてあちこちの屋台を覗きながら魚料理を探す。

『レラルも食べたい料理があったら言うんだぞ。ちゃんと買っておくからな』

『うん！　色んな匂いがしてどんな味かわくわくしているよ！』

『そうだな。知らなかったことを知るのはわくわくするよな』

よし！　色々な魚料理を味わって、湖に行ったらみんなに美味しいものを作らないとな！

ティンファの後ろ姿を追って、レラルが屋台を見やすいように抱き上げて歩き出した。

◆　◆　◆

「待たせてしまってごめんなさいね。これからギルドへ報告して、買い出しとかの用事を済ませてくるわ。今日中に全部終わらないようだったら、また知らせるから」

昨日の夜に無事に戻ってきたリナさんも交えて、一緒に朝食を食べていた。

今日のリナさんの用事は少なくとも昼過ぎまでかかるので、出発は明日にしようということになっている。

「ええ、大丈夫ですよ。今日はティンファも俺も、のんびり買い物をする予定ですので」

「そうなんです。やっぱり着替えが欲しいかなって思って。服や小物などを見て回ろうと思っています」

「わかったわ。じゃあ夕食は一緒に食べましょうね」


身支度を整えた後、ギルドに報告に行くリナさんと宿の前で別れた。

「俺もぶらりと周って買い物する予定だから、ティンファも一緒に行こうか。気になる店が別だったら、その時は別々に見ればいいさ」

「そうですね。楽しみです。行きましょうか」

昨日のお詫びも兼ねて、今日はティンファに街を好きに歩いてもらうことにした。もちろん、スノーとアディーには警戒を頼んでいる。

まだ朝早いのだが、ちらほらと出ている露店を見ながら商店街へ向かった。

ティンファは服や小物の店を覗き、俺は食料品や魔道具屋などを見ながら買い物を楽しんだ。

歩き疲れたところで、俺たちの見た目でも目立たなそうな定食屋を見つけて入る。

「ふふふふ。とても楽しいです。こんなにたくさんのお店で色々な物が売られているなんて、なんだか目が回りそうです」

「エリダナの街はここよりも大きいのだろう？　だったら、エリダナの街へ行ったらもっと大変なんじゃないか？」

「本当ですね！　今から迷子になりそうな気がしてきました。街に慣れないとですね」

ああ、ティンファならありえそうだ。

今日も露店を横目で見ながら歩いていて、何度も転びそうになっていた。

ティンファは見た目に反してしっかり者なんだが、時々危なっかしいんだよな。

「ティンファは他に何か買う物はあるか？」

「そうですね。薬草や植物を扱っている店を回りたいです」

「なら、そういう店があるか聞いてみようか」

「はい」

その後は、人に教えてもらった薬草を扱っている店を覗いたり、植木屋でティンファが目を輝かせて店の人に色々質問しているのをのんびり見ながら、スノーとレラルをもふもふしたりした。

そうして夕暮れ前には何事もなく宿へ戻ったのだった。

俺は様々な野菜や食材だけでなく、帰りに商人ギルド直営店へ寄ってこっそりラースラをまた一袋買った。他にも、調理道具や食器を買い足したりしたが。次は魚料理だからな！　それに必要なものを買い揃えたのだ。

充実した一日を過ごし、リナさんと合流して店で夕食をとる。

「今日で用事は全部終わったから、明日は街を出られるわ。お待たせしてごめんなさいね」

「いえ、気にしないでください。ゆっくりできましたし。あ、リナさん、この近くに湖があると聞いたんですが、そこに寄ってもいいですか？」

「ああ、魚ね！　アリト君は前も川でおおはしゃぎで魚釣っていたわよね。いいわよ。私も釣りは楽しかったもの。せっかくだから、一日は湖で釣りでもして魚を思う存分食べましょうか」

ナブリア国の王都までガリードさんたちと旅をしていた時に、一度大きな川を越えることがあった。

その時に即席で釣り竿《ざお》を作り、釣りをしたのだ。

最初は何をするのかと見ているだけだったガリードさんたちも、途中から面白がって一緒に釣りを始めた。

もちろん、釣り人などいないであろう川では魚はすれておらず、大漁だったのだ。

あの時はまだカバンのことは秘密にしていたので、魚をほとんど保管できずに悔《くや》しい思いをした。

「ええ、そうしましょう！　ティンファ、いいかな？」

「はい！　アリトさんが作る魚料理、楽しみです！」

それなら期待に応《こた》えないとな！　どんな魚が獲れるか楽しみだ。

その日の夜はうきうきとスノーとレラルをもふもふし、スノーとレラルも魚！　と盛り上がっていた。


次の日の朝、エリシアの街を後にし、とりあえず東へ続く街道に出る。

『アディー、ここから北東の方に湖があるらしいから、場所を確認してきてくれないか？』

『ふん。そんなことは造作《ぞうさ》もない。見て来てやるからお前たちは適当に歩いていろ』

そう言うと、アディーは飛び立っていった。

「リナさん。アディーに湖の位置の確認をお願いしましたので、俺たちは北東の方へ歩いてましょう。モランに周囲の偵察をお願いします」

「わかったわ。では行きましょうか」

それから俺たちは魚を求めて、街道を外れた草原を歩き出したのだった。

第十三話　湖で魚を

「うわぁっ！　広いな！」

「私、こんな湖を見たのは初めてです！」

「そうねぇ。ここまで広い湖は珍しいわね」

　街を出てから北東へ真っすぐ歩き、昼前には戻ってきたアディーの案内で湖へ向かうと、無事に日暮れの頃にたどり着いた。

　湖はかなり大きく、向こう岸が見えないほどだ。夕日が映る水面がゆらゆらと輝いて、とてもきれいだった。

　この世界では、水辺には街や村を造らない。井戸はどこにでも魔法で掘れるし、水は魔法で出すこともできるからだ。下水だって魔法で処理しているので、川の近くに造る必要がない。

　水辺に人が住まない理由は、他にもある。

「こんなに広い湖だと、魔物や魔獣が棲んでいそうね。野営は少し離れたところにしましょうか」

魔物も魔獣も、基本はどちらも森の奥や山などの魔力濃度が高い場所で生まれる。

でも、そこで生まれたからといって移動しないわけではない。

山で生まれた魔物や魔獣のうち水を好むものは、その山を源流《げんりゅう》とする川を移動し、環境《かんきょう》のよいところに棲みつく。

平地などの川は魔力が薄いので、棲みつくことはほとんどない。

だが、そこを経由する魔物はいるため、川や湖などの近くには人は住まないのだ。

この世界で魚があまり流通していない一番の理由は、それだった。

「そうですね。湖畔《こはん》は危ないでしょうから、少し戻った場所で野営しましょうか」

当然、この湖から街道は離れているので、俺たちはエリシアの街からほぼ真っすぐ、森や林を突っきってきた。

湖の周囲には森と開けた草原があるので、湖畔から離れて森の中に戻って野営することになった。

「アリトさんは明日、あの湖で魚を獲るんですよね？　どんな魚がいるか楽しみです！」

「ああ！　水に棲む魔物や魔獣も多分食べられるよな？　何がかかっても釣ってみせるよ」

「楽しみね～。私も一緒に釣りをするわ」

リナさんもやる気満々だ。

「では一緒に釣りましょう！　この間の釣り竿もありますが、この湖は大きいからもっと遠くまで飛ばせる長い竿を作りましょうか」

「じゃあ、よくしなる木をモランに夜の間に探してもらうわね。モランは夜に強いもの」

「ありがとうございます！」

「釣りってどんなことするんですか？　魚を獲るってことですよね？」

「ああ、ティンファは知らないか。じゃあ明日はティンファも一緒にやってみよう！」

「私にできそうならやってみたいです！」

その夜は明日に備えてスタミナをつけるよう、肉料理を作った。

ちょっと興奮して寝つけなかったが、スノーとレラルと一緒に明日は魚！　とじゃれながら眠ったぞ。……アディーの視線は気にしないからな！

◆◆◆

翌朝は張り切ってまだ薄暗いうちに目が覚めてしまったが、そのまま朝食を用意した。

それからリナさんたちが起きてくる前に、以前使った釣り竿を取り出してバランスを確かめたり、新しく作る予定の釣り竿用の蜘蛛の魔物の糸や針にする骨を用意したり、疑似《ぎじ》餌《え》っぽいものを作ったりした。

「おはよう、アリト君。とっても張り切っているわね」

「おはようございます、リナさん！　もう待ちきれなくて！」

ちょうど疑似餌を作り終わった頃に皆が起きてきた。

それから朝食を食べ、モランに見つけてもらったしなる木を伐《き》りにいき、いい具合の枝を見繕《みつくろ》って釣り竿を仕上げる。

よし、釣ろう！　朝陽《あさひ》に照らされてキラキラと光る湖面が俺を誘っているぜ！

「これが魚を獲るための道具なんですね。……なんか私には難しそうです」

釣り竿は、湖の沖にいる魚を狙うためにかなり長くした。試しに竿を振り回す俺を見て、ティンファは不安そうにしている。

「大丈夫だよ。もっと短い竿もあるし、釣りは待つ時間も楽しむものだから、釣れなくたっていいんだ。まあ、多分すぐ釣れると思うけどな。川でやった時も入れ食いだったし」

餌を入れた傍から釣れていたからな。

「ぷぷぷぷぷ。あの時はガリードがすっごくはしゃいじゃって、大変だったものね。簡単に魚が獲れるんだもの。本当にビックリしたわ」

網を仕掛けておいて、次の日にそれを引き上げる。この世界での魚獲りはそんな方法らしい。

魔物が出たらまずいので、水辺にいる時間をどれだけ短くするかが重要なのだそうだ。

まあガリードさんたちと釣りをした時は、魚型の魔物が出たけど、一撃だったからな。

「本当に私にもできるでしょうか？」

「まあまあ、ティンファ。とりあえずやってみようか！」

できたばかりの釣り竿の針に疑似餌をつけ、竿をしならせて湖へと投げ入れる。竿は魔法でしなり具合を調節しながら作ったので、かなりの距離まで飛ばすことができた。

浮きは、水に浮く魔物の素材をカバンから探して作ったぞ。見やすいように羽もつけてみた。

じっと水面の浮きを見つめていると。一瞬震えてトプンと水に沈む。

いや。まだだ。ここで焦《あせ》ったらダメだ。

「……よし、今だ！」

魚に引っ張られる感覚が伝わってきたと同時に、タイミングよく竿を手前に引く。

ぐぐっと、魚が疑似餌に食いついている感触を確認して。

「そりゃあっ！」

思いっきり引いた。強化魔法をかけた腕で、だ。

「よっしゃあーーっ‼　獲ったぞーーっ‼」

ぐんっという確かな手ごたえと重みの後に、ザバアっと水をかき分けて魚が姿を現す。

「おおっ！　さすが湖だな。大きい魚だ‼」

水面から飛び出たのは、青い変わった形のヒレを持つ、恐らく四十センチはある魚だった。その魚を見て、レラルが目を見開いてぴょんと飛び跳ねる。

「アリト、これが魚？　凄い！　アリトが釣り竿を引っ張ったら出てきたよ‼」

「さすがね、アリト君！　よし、私も釣るわよ！」

「うわぁーーっ！　凄い、凄いですね、アリトさん！　私もやってみます！」

『大きい魚！　アリト、すごい、すごい‼』

スノーもレラルも興奮状態だ。うきゃうきゃと飛び跳ねる姿がたまらなく可愛い。

「ふふふふ。もっと、もっとだ！　もっと釣るからな‼　スノー、レラル、今日はいっぱい魚を食べさせてやるぞ‼」

釣った魚を外して、湖の水を引き込んで作っておいた即席の浅い生け簀《いけす》に放す。

「レラル、生け簀を見張っておいてくれ！」

「はーい！」

パシャパシャ泳ぐ魚を、尻尾をふりふり覗き込むレラルが可愛すぎる！

存分に愛《め》でたいが、今は釣らねばならないのだ‼

それからは、釣って、釣って、釣りまくった。

リナさんは果敢に大物を狙い、ティンファは短い釣り竿で釣っていた。魚に引っ張られて湖へ落ちそうになったりしたが、そういう時は俺が手助けした。

魚は入れ食い状態で、生け簀がどんどん魚で溢《あふ》れていく。

レラルはそんな魚たちを見ながら、キャッキャと楽しそうに生け簀の周りを飛び跳ねていた。

そんな時。

『アリト、気をつけろ！　魔物の気配だ』

『アリト！　水の中から来るよ！』

「リナさん、ティンファ、釣り竿を水から上げて！　魔物が来る！」

「『はい！』」

すっかりここが魔物や魔獣が棲息していそうな湖だってことを忘れて、油断していた時だった。

咄嗟に釣り竿を水から上げて、リナさんとティンファに声をかけられたのは上出来だろう。

水に棲む魔物って、どんな奴なんだろう。蛟《みずち》とか水竜とかはさすがに出ないよな？

じっと皆が見守る中、ザバァッっと水音とともに姿を現したのは。

「なんでナマズっぽいのが襲ってくるんだよ⁉　ナマズって言ったらここの主だろう？　主なら釣り対決が定番だろうに‼」

俺が日本でマンガやゲームから抱いていたナマズのイメージは、そんな感じだった。

その身体は黒くてぬめっとした質感を持ち、口の脇に髭《ひげ》が、そして口の中には鋭利《えいり》な刃物みたいな歯が並んでいる。頭の上にはノコギリに似た角《つの》もある、一見するとまるで大ナマズのような魔物だった。

そんな魔物がガバアッと大きく口を開けたままヒレを手足のように使い、水の中から浅い湖岸まで上がってきたのだ。

「なんとなく、むかつくっ！」

その姿を見た時、どうせなら釣り勝負がしたかったと思いつつ、雷のイメージで咄嗟に魔法を発現させていた。

ズガガガーンッ‼　バッシャーンッ‼

轟音《ごうおん》とともに暗くなった空から一筋の稲光《いなびかり》が！

……とはならなかったが。

手のひらから青白く走った雷は、ナマズの魔物に当たると大きな音を立てて一瞬で感電させた。

そしてナマズの魔物は、煙《けむり》を立てながらその場で倒れて動かなくなる。

その結果を見て、いくらイメージしたところで、魔法で天候まで操ることはできないのだと知った。

雷が落ちる原理をある程度理解していても、ダメなものはダメなんだな。

『……アリト、今、何をした？　空からではなくて、お前は雷を放ったのか？』

誰もが身動きできずにいる中、アディーから呆気にとられた念話が送られてきた。

雷魔法って、もしかしてないのか？

電気がないから、確かにこの世界の人には想像しにくいかもしれないが。

そういえば、オースト爺さんとアニメやラノベで定番の魔法を面白半分に色々試した時にも、雷魔法はやらなかった。まあオースト爺さんなら再現できそうだけどな。

『雷ってわけじゃあないが、それに近いものかな？　電気っていうんだけど』

『今、アリトがズガガガーンってあいつをやっつけたの？　凄い！　アリト凄いの‼』

「え？　あの大きいヤツ倒したピカッて光ったの、アリトが出したの？　凄い、凄い‼」

我に返ったスノーにはしゃいで背中に飛びつかれ、レラルはそんな俺たちの周りをぐるぐる回っている。

「アリト、君？　今の魔法、アリト君が使ったのよ、ね？」

「はわわーーーー。アリトさん、なんか、驚くことが目の前で……」

リナさんとティンファはまだ呆然としている。

『おいアリト。なんか水面に魚が浮かんできたぞ。その電気ってやつのせいか？』

アディーの言葉で湖を振り向くと、ナマズの魔物の周囲にはたくさんの魚が腹を出して浮かんでいた。

『うわ、湖の中まで感電したのか……。なあアディー、どのくらいの範囲で魚が浮いている？』

『お前が倒した魔物の周りだけだな』

ふう、良かった。湖の魚を全滅《ぜんめつ》とかさせたら大変だからな。

よし、じゃあ浮いた魚を集めようか。蜘蛛の魔物の糸で作っておいた網の出番だな！

「なんかもう、何でもありよね。本当にガリードじゃないけれど、アリト君を見ていると面白いし、退屈しなそうよ」

「本当に凄いですね、アリトさん。魔物を倒すどころか、こんなにたくさんの魚まで。何が起こったか全くわからないです。もしかして、釣った魚よりも多いですか？」

集めた魚はかなりの量になった。最初からこの方法を使えば一瞬で魚が獲れたのでは？　とか思っていないぞ！　釣りはロマンなのだ！

浮いた魚を全部集めた後は、ナマズの魔物も岸に上げて解体することにした。

アディーとスノーは本能で毒の有無や食べられるか否かがわかるので、調べてもらったところ、問題ないとのことだった。

魔物も魔獣も、毒性があるものは実は少ない。毒で攻撃してくる奴以外は、結構食べられるのだ。

『死の森』の魔物や魔獣も、ほとんどが食べられた。まあ見た目がグロテスクだと、ちょっと手が出ないけどな。

体長が六メートルはあろうかという巨大な魔物を前に、オースト爺さんから譲り受けたミスリル製のナイフを取り出した。刃渡りは短いが切れ味は抜群《ばつぐん》で、上級魔物の解体に使っている。

そのナイフで腹を切り裂き、内臓を取り出した後は鱗《うろこ》のない、ぬめっとした皮を剥ぐ。感電で表面が少し焦《こ》げているが、中の肉に影響はなかった。

なんといっても大きいので、皮を剥ぐだけでも一苦労だ。

それでも風の刃を上手く使いながら、どんどん解体していった。

皮もぬめっとしているが、いずれ使えそうなのでカバンに入れた。骨も加工すれば何かに使えるだろう。

「その魔物も食べるの？　アリト君」

「食べられるみたいですよ！　魔力がそこそこ高そうなので、美味しいはずです。まあ見た目が見た目だから、生では無理だと思いますけど」

コイツは見た目がグロテスクだし、生で食べたいとは到底思わないが。

他の魚は、できれば刺身で食べてみたい。

湖では一メートル以上ありそうな魚から、小さな魚まで様々なものが獲れた。

スノーに確認すれば生でも食べられる魚はあるだろうし、浄化で殺菌すれば、食中毒にはならないと思う。

「えっ？　生？　アリト君、魚を生で食べるの？」

「まあこいつは魔物ですが。魚って、生でも食べませんか？」

「……聞いたことないわ。あんまり魚自体が売られていないし、塩焼きくらいしか食べたことないわよ？」

確かに街で探しても塩焼きとか干物とかしか売っていなかった。

でも、海の魚もあったよな？　俺が見たのは塩漬けだったけど。

「う、海では魚を獲りますよね？　海の魚を生では食べてないんですか？」

「かなり前に海の近くの街へ行ったことはあるけれど、生で食べるなんて聞いたことないわね。海には強い魔物や魔獣がいるもの。陸に近いところでしか魚は獲らないし、海の魔物を倒して食べたって話も、その時は聞かなかったわよ」

ま、まあ確かに地球でも生で魚を食べる習慣のない国のほうが多かったし、忌避感《きひかん》を持つ人もいたよな……。でも、そうか。刺身がないのか……。

すっかり魚に舞い上がって色々な料理を思い浮かべていたし、刺身も食べるつもりでいたよ！

恐らくこの世界にも、過去には魚を生で食べて、腹痛や下手したら食中毒で死んだ人だっていただろう。

確かに魚に火を通せば何も問題はない。でも、生でも魔法を使えばどうとでもできると思うのだ。

これは捌いてから、アディーとスノーに確認してもらいながら浄化をかけて、俺が食べてみるしかないかな。まあ自分が食べたいだけだから、それで十分か。

獲れた量が凄いので、今日料理して食べきれない分は、全部捌いて一夜干しもどきにしようと思っている。魚を開いて塩水に一時間ほどつけた後に、魔法で水分を抜いて作る予定だ。

魚によっては燻製《くんせい》でもいいが、今回は干し魚だけにする。魔力で包んでカバンへ入れておけば、しばらくはもつだろう。

そう考えている間も解体を続け、肉はブロックにして浄化をかけてから、とりあえずカバンへ入れる。

そうしてナマズの魔物の解体は無事に終わり、次は獲れた魚を捌き始めた。

『アディー、スノー、食べられない魚があったら教えてくれ。あと食べたい魚も。切り身にして出すぞ』

スノーの隣で次々と魚を捌く俺を、レラルはキラキラした目で見ていた。レラルはお母さんが小川で獲ってきた魚なら食べたことがあるらしい。

どんどん身と骨に分かれていく魚を、リナさんとティンファは唖然《あぜん》として見ている。

三枚におろした時に、身には浄化をかけてある。

魚の種類ごとに端を切り、さっと火魔法で炙って味見をし、調理方法ごとに分けている。

煮魚用、ムニエル用、塩焼き用とかだ。あ、フライも作ろうかな。

こっそりスノーに生で食べられるやつも聞いて、シオガをつけて食べてみたぞ。脂の乗りはいまいちだったけど、歯応えのある魚が多かった。まあ、刺身は俺だけで楽しめばいいかな。

ある程度捌いたところでそれぞれ下準備して、どんどん料理を作り始める。

煮魚用は鍋に調味料を入れて、味を確認したら切り身を入れる。塩焼き用には塩を振り、ムニエル用には塩コショウをして小麦粉をまぶした。

下準備が終わったら、煮魚の火加減を見ながらまた捌いていく。

おお！ この魚は身が白っぽいが鮭《さけ》のような味だ！ 保存用に新巻鮭《あらまきざけ》も作ろう。塩鮭とご飯って最高だしな。

塩は、この世界では海と塩湖で作っている。塩湖にはさすがに魔物や魔獣はいないらしい。

だから高価ではなく、普通に流通しているのだ。

まあ、それが何でも塩味になっている原因でもあるだろうけどな。

塩は大量に確保してあるから、新巻鮭も気軽に作れる。

それからも、どんどん捌いては次々に料理を作り、大きな魚は全部切り身にしてカバンへ入れ、小さめの魚は全て一夜干し用に開いて塩水に漬けるところまで終わった。

あとはフライを揚げれば終わりだな。ちゃんとご飯も炊いたし。あら汁もどきも作ったし。

「さて。お待たせしました！　魚料理、できましたよ‼」

煮魚にフライ、ムニエルや塩焼き。魚と野菜の炒《いた》め物、あら汁もどきにご飯。

各料理は魚の種類ごとに作ったので、辺り一面、料理で埋め尽くされていた。

大ナマズの魔物は煮魚だ。煮魚だけでも三種類くらい作ったけどな！

……作り過ぎたかな？

「ア、アリト君。声もかけられずに見ていたけれど。なんというか、もう、呆気にとられちゃったわよ。流れるように魔法も使いながらどんどん捌いていくんだもの。料理も次々に作っているし」

「私も呆《ほう》けて見ていただけでした……。アリトさんは魚が好きだと言っていましたが、こんなに魚料理を作れるなんて」

あっ！　俺はこの世界ではずっと森の傍に住んでいたんだった。どこで魚料理を覚えたんだって疑問に思われる前に、ここはごまかすしか！

「さ、さあさあ！　冷めちゃうので食べましょう！　ほら、レラルも好きなだけ食べていいからな！」

スノーとアディーとモランには、それぞれ希望を聞いて生と火を通した魚を出した。魚だけでは魔力が足りないだろうから、それとは別にいつものように『死の森』の魔物の肉を炙ったものも出してある。

「そ、そうね。美味しそうだわ。食べましょうか」

「そうですよね。ずっと美味しそうな匂いがしてたまりませんでしたし」

魚三昧《ざんまい》な夕飯を皆で食べた。

レラルは喜んではしゃぎながら全部の料理を食べて、今はお腹いっぱい！　と転がっている。

そのコロコロなお腹がたまらない。つい、でれでれと見てしまった。お腹をつんつんしたら怒られるかな？

リナさんとティンファも初めて食べたけれど美味しい料理ばかりね！　と喜んで全種類食べてくれた。

もちろん、お腹いっぱい魚料理を食べて、俺も満足だ。

「シオガって魚にとても合うのね。魚は塩ってイメージだったから驚いたけれど、とても美味しかったわ」

「私も塩とハーブでしか味つけしてなかったので、アリトさんが使ってくれる色々な調味料でたくさんの味を楽しめて、凄く嬉しいです！」

そうそう、魚はやっぱり和食だよな。

これからは一夜干しをいつでも食べられるぞ。味醂《みりん》干しとかも作りたいし、贅沢《ぜいたく》をいえば煮魚や煮物を美味しく作るのに日本酒も欲しい。

魚を食べて満足したばかりなのに、どんどん欲しいもの、作りたいものが出てくるな。

食後にまったりしながら切り身の仕込みをして、最後に新巻鮭を作り、全部がやっと終わった時。

内臓やアラを始末するため、それらをまとめておいた湖畔に近づくと——

『アリト、なんかいるの！　敵意はないけれど注意してなの』

『……む、確かにいるな。意識すらあまり感じられないが。正体《しょうたい》がわからないから用心して近づけ』

スノーとアディーから注意が来た。

水から魔物が上がってきたのかと警戒して、肩にアディー、足元にスノーと完全防備でゆっくりと近づく。

アラを積んであるだけにちょっと生臭《なまぐさ》い臭いがする中、その生ゴミの山の下の方でごそごそと何かが動いているのに気づく。

なんだ？

ゆっくりと近づいて覗き込むと——

『ん？　何もいない、か？　でも何かが動いているよな？』

俺にはよくわからないが、アディーはその正体に思い当たったらしい。

『むう、これは……。そうか。水辺だからか』

『んんー？　敵意もないし魔力もあんまり感じないけど、あれはなぁに？』

『え？　やっぱり何かいるのか？』

不思議に思ってアディーに尋ねる。

『ふん。しっかり見ろ。というか魔力が動いているのは警戒していればわかるだろうが』

ズキリと肩に痛みを感じて見ると、アディーが爪を立てていた。

うう、容赦《ようしゃ》ないな……。

魔力を感知できるように、じっくりと目を凝《こ》らす。

おお、確かに何かいるな。でも何だ？　姿が見えないのは、もしかして透明《とうめい》だからか？

って、まさかあれは⁉

旅をしていても見かけなかったから、てっきりこの世界にはいないものだと思っていた。

それは透明な身体を揺らしながら、積まれたアラに群《むら》がっている。

「もしかして、あれ、スライム、なのか？」

第十四話　ぷるぷるぷる

ぷるぷるぷる。ぷるぷるぷるん。

ぷるぷるボディーがぷるぷる震えながら食事中のようだ。

『な、なあアディー。あれってスライム、でいいんだよな?』

今目の前にいるのは、無色透明のゼリー状のぷるぷるしたものだ。

目も口もないが、透明なゼリー状の中心部分にぼんやりと白っぽい場所があった。あれが核《かく》なのだろうか。

『む?　ああ、そうだな。あれはスライムだな』

ゴブリンやオークの時も思ったが、スライムもそうだ。俺の知っている名称がそのまま通じた。

まあ、この世界に落ちてきた時に身体や言語が勝手に変換されたくらいだから、物の名称も何かしら翻訳されているのかもしれないが。

『スライムは魔物なのか?　もしかして襲ってくるのか?』

『いいや、スライムは特殊な生き物だ。そもそも生き物と言っていいかもわからん。魔物のように汚染《おせん》された魔力溜まりから生まれたわけではなく、スライムはこういう水辺の魔力濃度の高い場所から発生するのだ。水辺以外でも行動できるのだが、まあ他ではほとんど見ることはないな。襲ってくるかは知らん。襲われたことがないからな。ただ魔力を求めて彷徨う、俺にとっては無害なものだ』

じゃあ、スライムは自意識を持っていないから、「生き物っぽいもの」という感じなのか？

『このスライムは今、食事中なんだよな？　溶かして食べているのか？』

『溶かしているわけではない。こうして何でも取り込むが、こいつらの目的は魔力だけだぞ』

ああ、魔力があればいいのか。別に物体を消化する必要はない、と。

大ナマズの魔物はなかなか魔力が多かったから、それを目当てに水辺から上がってきたってわけだな。

じゃあ今も、アラから魔力を取り込んでいるだけで、アラ自体を食べているわけではないのか？　いや、魔力を取り込むためにアラも食べているのか？　……だんだんわからなくなってきた。

『うーん。じゃあ人は襲わないのかな？　アディー、スライムは攻撃を受けたら、こう、溶かす液や、あのぷるぷるした身体を飛ばしてきたりはしないのか？』

『面白いことを考えるヤツだな。こいつらは草木でも土でも何でも取り込むから、あえて人間を襲う必要などないだろう』

そうだよな。人を襲うより、その場にあるものから魔力を取り込んだほうが確実だし。

『じゃあさ、スライムのあの透明な身体は実体があるのか？　触れるのか？』

『実体はあるだろうな。だが、触れるかどうかなぞ俺は知らん』

あの中心に見えるものが核ならば、実体はあるよな。よし。

ぷるんぷるんと震えながら重なり合っているスライムたちに、そっと近づいていく。

『アリト！　何をするの？　なんかそれ、魔力の気配はするけど意思は感じないから、危ないのかどうかわからないの』

ほう。スノーはそんな風に感じているのか。

『ちょっと興味があるんだ。触ってみたいから、危なそうだったらスノー、頼むな！』

『わかったの！　スノーにまかせるの！』

すぐ近くまで行ってみても、ぷるぷるした感じしかわからない。なので、そっと手を伸ばして指先で触れた。

見た感じゼラチンっぽいが、どろっとした感触だったらどうしよう……と、恐る恐る指先でつついてみたのだが。

ぷにぷに。ぷるるん。ぐにゅっ。

液体では、ない。でも、ゼリーのようにぷるんとスプーンで切れる感じでもない。

こう、何といったらいいのか。そう、むにゅむにゅな感じだったのだ‼

ぷにぷに。むにゅーん。むにゅむにゅ。

おお、これは……。気持ちいいな！

透明なのにきちんと実体を持ち、ぷにぷにとした感触でしっかりとした質感もある。まるで低反発素材のような感触だった。

スライム枕とかスライムクッションとかあったら絶対に気持ち良さそうだ。

最初はそっと指先で触っていたのだが、スライムからは何も反応がなかった。

ちょっと強めにつついても、ぷるるんと震えるだけ。

思い切ってつまんでみても、特にリアクションはない。

なので、欲望に負けて両手で包んで持ち上げてみた。

両手の中がたぷたぷになるくらいの大きさで、持ち上げたらぷるんと震えた。

でも、そのまま反応も動きもしない。

試しに両手に魔力をうっすら纏って《まと》みると、吸い付くように吸収されるのを感じた。

それでもそんなにがっつり吸われるわけではなく、攻撃をしてくる気配もない。

これはもしかすると、旅のお供に持っていってもいいかもな！

ニコニコ笑顔でスライムをいじる俺を、アディーは呆れた目で見ていた。

スノーはきょとんとした顔で俺の手の中のスライム見て、鼻でつんつんと触れている。

「ア、アリト君？　そこで何をして……。まったく、アリト君は本当に次から次へと面白いものを見つけるわね。それ、スライムよね？　見るのは初めてだわ」

俺がスライムに夢中になっていると、背後からリナさんに声をかけられた。ティンファも一緒だ。

「え、それってスライムって言うんですか？　……なんか、見えるような見えないような。ぷるぷるしているのはわかりましたが」

レラルの姿はない。ぽっこりお腹を上にしてそのまま寝ちゃったのかな。あのぽっこりもつんつんしたいのだが！

そうだ、リナさんにもスライムのことを色々聞いてみよう。

「リナさん。スライムについて何か知っていることはありますか？」

「そうねぇ。私もそんなに知らないわ。水辺には、姿の見えないスライムというものがいるって、聞いたことがあるだけよ。害はないけれど、水をすくったつもりで知らずにスライムを飲まないように気をつけろってね。今まで近づいたことがなかったから確認はしなかったけれど、触れるものなのね。もっと、こう、液体みたいなものだと思っていたわ」

確かに水の中では中心の白っぽい核なんて見えないだろうし、水を汲《く》んだら中に入っていたということもあるかもしれないな。

でも、やっぱり人にも害はないって認識されているのか。

『……アリト。お前、スライムをどうするつもりだ？　確かに魔物でもないし魔獣でもないが、逆に言えば契約で意思の疎通《そつう》ができるものでもないのだぞ』

そうか、従魔の契約を結べないから、連れて行ってもただのお供になるだけなのか。

でも、こうやって手の中で魔力をあげていると、可愛く思えてくるのだ。ぷにぷにだしな！

枕とかクッションとかにもしてみたかったけど、癒しのペット扱いでもいいかな？

スノーが小首を傾げてスライムをじーっと見ている。

『むうー。アリト、それ、連れて行くの？　……害はなさそうだけど、何なのかもわからないよ？』

『だってな、スノー。なんか気に入っちゃったんだよ。ぷにぷにしていて面白いんだ』

色々実験もしてみたいから、二、三匹連れて行ってもいいよな！

笊の上に手の中のスライムをそっと置き、とりあえずアラの山からいくつかナマズの魔物のアラを取りわけて笊に入れてみる。

アラの方へ移動するだろうと予測したのに、スライムはその場で震えているだけで、移動することはなかった。移動、できるんだよな？　湖からここまで上がってきたのだから。

不思議に思って指で触れると、ぷるると近寄ってきた。

これはもしかして、と思い、反対側でもう片方の手の指先に魔力を集めてみると、ぐにぐにと変形しながら近づいてくる。

俺の魔力を気に入ったのか？　実は、意思みたいなものがスライムにもあるのだろうか？

確証《かくしょう》はまだ持てないから実験しようと、アラの山に群がるスライムの近くに魔力を纏わせた手を伸ばしてみた。

すると、避けていくのと寄ってくるスライムがいた。

嬉しくなって、寄ってきたスライム二匹をすくって笊へ入れる。

寄ってこずにアラに群がっているのが、見える範囲で四匹だ。

スライムを入れた笊を抱えて座り、片手に魔力を纏わせて笊の中へ入れてみる。

おおお、ぷにぷに天国だ！　ぷにんぷにんと手に当たっているな。

「アリト君……。ふう。もういいわ。そのスライムをどうするのか？　なんて、聞くまでもないわね」

すっかりスライムに夢中になって、リナさんとティンファのことを忘れてしまっていた。

そんな俺にリナさんの重いため息が……。

スライムがどんな反応をするのか、わくわくしてしまったのだ。可愛いけれど、色々と実験はしてみたい。

「ふふふふ。アリトさんらしいというか。ちょっと触ってみてもいいですか？　見ていたら気になってしまって」

ティンファは意外と積極的なんだな。

「おお、いいぞ。触り心地がぷにぷにしていて気持ちいいんだ」

「じゃあ、ちょっと触ってみますね」

ティンファが俺の前に座りこんで、笊の中のスライムへと手を伸ばし、躊躇いもなく触れた。

その思い切りのよさに驚いたが、スライムがティンファに何かをする気配は全くない。スライムは人に攻撃してこないという判断で大丈夫だろう。

「ふおお。こ、これは……。凄く不思議な感じです。なんですか、この感触は！　なんだか止《や》められないです！」

最初はそっとぷにぷにしていたティンファが、一気にむにゅっといった。大胆《だいたん》だな！

「そう言われると気になるじゃない……。ちょっと私も触らせてもらうわね」

ティンファの様子を見てそわそわし始めたリナさんも寄ってきて、スライムをぷにぷにむにゅむにゅしていた。

やっぱりこの感触は皆気に入るよな。スライムクッションの実現を目指すべきか……。

結局気に入ってしまったリナさんとティンファもアラの山へ行って、魔力を好んで寄ってきたスライムを一匹ずつ連れて戻ってきた。

あとは責任を持って、スライムが人に害を為さないかとか、色々と実験して確認しないとな。

でも、とりあえずはもうちょっと俺もぷにぷにむにゅむにゅを味わうとしよう。

でもアディー。なんだこいつら？　っていう冷たい視線は止《や》めてくれないかな……。

その視線に負け、俺とリナさんとティンファのスライムを、それぞれ調理用のボウルに入れた。きっちりと蓋《ふた》をしたらどうなるか不安なので、中には水とナマズの魔物のアラを入れて、目の粗い布をかける。

アディーとも相談して、夜は俺たちの寝床から少し離れた場所にこれを置いて、様子を見ることになった。

その後は湖畔を後片付けし、寝ているレラルをそっと抱えて野営場所へ移動してから、スライムと周囲の警戒をスノーに任せて眠りについた。

◆　◆　◆

翌朝は目覚めると、すぐに離れた場所に置いたボウルを確認しにいく。

重なり合っていてわかりづらいが、そこには三匹がきちんといた。

ついでにリナさんとティンファのスライムも覗いてみたが、やはり俺のと同じく昨日から様子は変わらないようだ。

積極的には動かないみたいだな。でも、そうやって油断していると、いつの間にかいなくなっていそうだ。旅の間の運び方を考えないとな。

ぷるぷるとしているスライムが可愛くて、ボウルに手を入れて魔力を纏わせる。すると、三匹とも身を寄せながら夢中で魔力を吸っている感じが伝わってきた。

水の中で生まれて水辺の魔力を吸収しているなら、持ち運びは皮で水袋を作って、そこに魔力を込めた水を入れておけば大丈夫か？　空気穴はいらないよな？　いや、一応、酸素を含んだ水のイメージで水を出しておくか。

ふと実験を思いつき、一匹だけ持ち上げて両手に包んで、手に纏わせる魔力の属性を変えてみた。まずは水属性を意識して……。

ぶるぶるぶるぶるるるる。ぶるん！

おおっ！　ぷるぷるじゃなくて凄く速くぶるぶる震えているぞ！　これは喜んでいるのか？

とりあえず入れ物をカバンから取り出し、そこに水属性を意識して魔法で水を出した。

そこに手の中のスライムを入れると、水がぶるぶると波打つ。やはりこのスライムは水の魔力が気に入ったのだろう。

次にもう一匹をボウルから持ち上げ、今度はスライムを吹き飛ばさないよう優しい風をイメージした魔力を手に纏わせてみる。

そういえば、ゲームでは癒しの風ってあったよな。光だけじゃなく、俺の中では風や水の属性でも治療魔法を使えるイメージだ。今度は風と水と光のイメージで、治療するように浄化を試してみるか。

そんなことを考えていたからか、気づくと手の中のスライムは、ぷにぷにゆらゆらしていた。

なんとなくスライムが和んでいるような気がするが、さっきのスライムとは反応が違うから、気に入ったのかどうかわからない。もうちょっと実験してみよう。

左手はそのまま風属性の魔力、右手を土属性の魔力へと変えてみる。

これはすぐ魔法を発動するために、体に各属性の魔力をあらかじめ纏わせておくという訓練をしてできるようになったことだ。

でも、両手で別々の属性の魔法を操作することはできない。魔力を纏わせるだけならともかく、二つの詳細《しょうさい》なイメージを並行して描くのは極《きわ》めて難しいからだ。

右手の土属性は、土を柔らかくするイメージ。ん？　スライムが左手の方へ寄ってきたな。これは風属性のほうが好みということでいいのか？

とりあえず別の入れ物に水を出し、スライムと左手を入れて、そのまま風属性の癒しのイメージで水に魔力を込める。

お、水面がゆらゆらしているな。大丈夫そうだ。

じゃあ次だ。最後のこいつは、そのまま右手の土属性を試してみる。

ん？　反応がないな。気に入らないか。

水辺で生まれたなら火は好きじゃないだろうし……光にしてみるか？

治療魔法をイメージして魔力を変化させると、ぼんやりと光った手の中で、スライムがぷるんぷるんと揺れだした。円を描くみたいにゼリー状のボディーが揺れて、水の入ったコップを回しているかのように、タプンタプンと震えているのだ。

こいつはこの魔力だな。

入れ物に光を取り込んだ水をイメージして出して、と。水が回っているな。よし、大丈夫そうだ。

「……おはよう、アリト君。今度は朝から何をやっているの？」

「おはようございます、リナさん。スライム、逃げていませんでしたよ。それで連れ歩くのにどうしようかと思って、魔力をあげながらちょっと試していました」

「試したって何を？」

「纏わせた魔力の属性を変更してみたんですよ。なんか、スライムも属性の好みがあるようです。リナさんもやってみてはどうですか？」

「そうなの？　私に懐いたのだから風かしら。やってみるわね」

そのあと、ティンファも起きてきた。

俺が同じくスライムの話をすると、リナさんと揃って、いそいそと自分のスライムの方へ向かう。やっぱり二人とも気に入ったみたいだな。

「おはよう、アリト。今日も魚？　魚食べるの？」

「おはよう、レラル。もちろん魚だぞ！　今用意するからな」

「わーい！　魚、美味しいから好き！」

喜ぶレラルを撫でまわしてから振り返ると、二人は両手にスライムを包んで試しているみたいだった。俺は朝食の準備をしてしまうか。

手早く昨日の魚料理の残りを出して温め、切り身に塩を振って焼く。

レラルは少しなら肉も食べるか？　ご飯は昨日多めに炊いておいたヤツを温めよう。

「朝食できましたよ」

「ありがとう、アリト君。やっぱりこの子、風属性が好きだったみたい。楽しそうだわ」

「アリトさん！　私の子は土属性でした！　なんだかまったりゆったり震えているんですよ」

やっぱりスライムにも好みがあるってことで、実験は成功だな。これでスライムが属性によって変化なんかしたら……。面白いけど、まあそこは経過観察するしかないか。

「とりあえずスライムは置いて、朝ご飯を食べましょうか」

それから朝食と片付けを済ませ、カバンから水漏れしなそうな昨日の大ナマズの魔物の皮を取り出す。

桶《おけ》に水を出して魔法で徹底的に水洗いしてぬめりを取り、次は殺菌と抗菌《こうきん》のイメージで浄化をじっくりとかけて、皮をなめしていった。

「それ、どうするの？」

「スライムを入れる水袋を作ろうかと思いまして。急ぐので、少し待っていてくださいね」

魔法で柔軟性《じゅうなんせい》を足し、揉んで感触を確かめてから丸く切った。

蜘蛛の糸を編んで作った伸びる紐を、革の周囲を折り返して縫い込んでいく。紐の端と端を引っ張ると、継ぎ目のない革の水袋のでき上がりだ。

紐を通す部分は厚《あつ》くなり過ぎるので、あらかじめ魔力を通して薄く伸ばしておいた。

「水漏れしなければいいんですけど」

でき上がった袋に水魔法で水を入れてみる。袋を振ったり叩いたりしても、水が漏れることはなかった。これなら大丈夫だろう。

「どうですか？　紐を長くしたので、腰かカバンにつければ、邪魔にもならないと思うのですが」

「なるほど。それなら大丈夫そうね」

「では、俺の分の残り二つとリナさんとティンファの分であと四つ作りますから、もう少し待っていてください」

「ありがとう、アリト君。助かるわ」

「ありがとうございます！　一緒に連れて行けるの、嬉しいです」

ティンファはかなりスライムを気に入ったんだな。嬉しそうにぷにぷにしていた。

まあ俺もスノーのお腹に寄っかかって作業をしているんだけどな！

そうして水袋を作り上げ、リナさんとティンファにも魔法で生み出した水に属性魔力を込めるイメージを教えた。スライムを水袋に入れてカバンにくくりつけたら準備は完了だ。

『アディー、お待たせ。エリダナの街の方へ案内してくれるか？』

『……ふう。本当にお前は物好きだな』

スライム入り水袋をじっと睨むと、アディーが飛んでいった。今、ため息つかれたか？

「じゃあ行きましょうか」

「わかったわ」

「はい」

手早く野営場所を片付け、エリダナの街を目指して再び森の中を進む。

『そういえばアディー。さっきの湖には強い魔物とかはいなかったのか？』

あの大ナマズの魔物以外は小さな魚の魔物しか遭遇しなかったから、少し気になったのだ。

『あの湖はそこそこ大きいからな。お前が倒した魔物以上に大きい魔物の気配は、一つだけあった。手出しをしてこないようだから放っておいたが』

やっぱり他に主がいたんだな。源流で生まれて湖に棲みついたのだろうか。

『その魔物は強かったのか？』

『ふん。俺にかかれば一発だ』

うわ。じゃあそこそこ強い魔物だったってことだな。

危なかった。水に引きずり込まれたら、抵抗できなそうだし。

でも、あの大ナマズの魔物以上に大きくて強い奴が水辺にはいる可能性があるってことだよな。そりゃあ人が水辺に住まないわけだ。

水辺に住んで、のんびり魚を釣りながらスローライフもいいなと思っていたけど、この世界では止《や》めたほうが良さそうだな。

森もダメ、水辺もダメ。街に住むのはちょっと色々面倒そうだし。

やっぱりオースト爺さんのところで一緒にのんびり暮らすのがいいのかな。

その日は昼食にも魚料理を出し、魔物に襲われることもなく、日暮れとともに森の浅い場所で野営することにした。

夜は肉料理を作って食べ、のんびりくつろぎながらスノーをもふもふしつつ、スライムの様子を確認している。

「そういえばリナさん。エリダナの街まで、ここからどれくらいかかりそうですか？」

「そうね。今いる正確な位置がわからないけれど、恐らく五、六日ってとこじゃないかしら。街道だといくつか村があったはずよね」

「そうですね。エリシアの街から街道を歩くと、エリダナの街までは十日くらいだと聞いています。私たちは真っすぐ歩いていますから、リナさんが言った通り、あと五、六日くらいではないでしょうか」

食料はあるから補給はしなくても、エリダナの街まで問題なく行くことができるとは思うが。

「リナさん、どこか途中の村に寄らなくても大丈夫ですか？」

リナさんは討伐ギルド員で、エリシアの街で調査依頼を受けていた。

だから長い期間、誰にも見られずに姿をくらましているというのはどうなのだろう。エリンフォードはリナさんの出身国でもあるのだし。

「そうね……。途中に確か一つだけ村から発展した町があったわ。ロンドの町だったかしら。そこには討伐ギルドの支所もあるの。この間調査した森にも、ゴブリン自体はいなかったのだけど、小さい集落らしきものがあったから、報告しておいたほうがいいかもしれないわ」

「では、朝になったらアディーに偵察に飛んでもらって、そのロンドの町に向かいましょう。ティンファもそれでいいかな?」

「はい、私は大丈夫です。初めて行く町ですし、楽しみです」

「悪いわね。じゃあ、そうしてもらえるかしら」

こうやって森を突っ切っているのは、スノーとレラルをあんまり人に見られたくないというのが一番の理由だ。もちろん薬草の採取ができるというメリットはあるけれど、リナさんやティンファには、俺の都合に合わせてもらって申し訳ないという気持ちもある。

だから、町に立ち寄るくらい、どうってことはない。

「いえいえ。俺もまた知らない野菜とかあるかもと思うと楽しみです」

それにやっぱりエリダナの街に着いたら、のんびり自由にできる時間なんてない気がするのだ。

急ぐ旅でもないのなら、寄り道だって望むところだよな!

第十五話　新しい食材

「おっ？　もしかしてこれ、山芋か？」

次の日、ロンドの町へ寄ることに決めたので、そちらへ向かって森を歩いていた時。

イールに似ているが、少し違う蔓を森の中で見つけた。

イールはがっしりとした蔓で木にしっかりと絡みつき、木々の間を狭めているほど逞しかったが、その蔓は日本の山で見たことあるような、普通の太さだったのだ。

「よし、掘ってみればわかるよな。落ち着け、俺」

根のある場所にしゃがんで手を当て、かなり下まで土を柔らかくするイメージで魔法を使う。

そうして柔らかくなった土から、そーっと慎重に根を引っ張っていくと……。

「やったー！　これ、山芋だよな？　自然薯《じねんじょ》でもなんでもいいけど、お好み焼き作りたいな！」

土から出てきたのは、山芋に似た芋だった。食べてみなければ味が同じかどうかはわからないが。

いや、ここは落ち着こう。とりあえず切って、すりおろしてみればわかる。

……って、すりおろし器がないじゃないか！

しまったな。王都にいる時に工房で作ってもらえば良かった。

仕方ない、切って食べてみるか……。

「ア、アリト君？　それ、ルーイの蔓よね？　イールに似ているけれど違うからルーイって呼ばれているのだけれど。ルーイの蔓の下にそんな芋があるなんて、初めて知ったわ。それ、食べられるの？」

「ルーイって言うんですね。私は初めて見ました。根がそんな風になっているなんてびっくりです。リナさん、普通は食べないのですか？」

「うーん。聞いたことないわね。元々イールに比べたら少ないし、花も咲かないから気にしている人はいないんじゃないかしら？　薬の材料になるという話も聞かないし」

リナさんとティンファが話しているのを聞きながら、手早く浄化をかけ、一応水に晒《さら》して皮を剥いて切った。

食べられるかどうかはスノーに確認済みだ。

小皿にシオガを少し注ぎ、つけて食べてみる。

おおおお！　粘り気は、あるな。

でも味は山芋より、もっと自然に近い味というか……自然薯から粘り気を引いて野性味を足した感じだ。食感はシャキシャキしているから、長芋に近いか？

この芋はシオガみたいな調味料がないと、見つけても食べないかもしれないな。塩味だけではちょっと物足りない。

でも、俺は山芋も長芋も自然薯も、味に違いがあるのはわかっても別にこだわりがあるわけじゃないからな！　粘り気があって、食感が良ければそれでいい。

そういう意味では、このルーイの芋はお好み焼きを作るには十分だ。

「で、アリト君。どうなの、それ。食べられたの？」

「食べられますよ。この芋自体には味があんまりないし、塩味だけだと物足りないから食用になっていないのだと思います。これ、シオガで食べると美味しいですよ。食べてみますか？」

「そうなんですか？　ちょっといただいてもいいですか？」

お、先に食いついたのはティンファか。ティンファは本当に物怖《ものお》じしないよな。

何事もまずはやってみないと始まらないので、その姿勢は好感が持てる。

「あ！　これ、粘りがあって食感がシャキシャキして不思議ですが、シオガと食べると美味しいです！　生で食べられるんですね、このお芋」

「私も貰うわ。あ！　食べられる、わね。シオガと凄く合うわ。これを使ってアリト君が美味しいものを作ってくれるのよね？　それならルーイも探しながら行きましょうか」

　リナさんはシオガで味付けした料理が好きだから、気に入ったのかな。わさびを見つければ酒のつまみにもなるのだが。

「見つけたら、俺がやったみたいに土を柔らかくしてから引き抜いてください。かなり長いので、深めに魔法で柔らかくするイメージでお願いします」

「頑張って見つけますね！　この芋を使ったアリトさんのお料理、楽しみです！」

　お好み焼きを作るためには、すりおろし器と卵がないとな。卵はロンドの町で手に入るかな？

「ロンドの町はどんなところですか？　卵が欲しいんですが、買えますかね？」

「卵？　卵は売っていたか覚えていないけれど、確か農業が盛《さか》んなはずよ。周りは草原だったから何か飼育していそうだし、卵もあるかもしれないわね」

「本当ですか！　ではロンドの町で道具と食材が揃ったら、ルーイで美味しい料理を作りますよ。楽しみにしていてくださいね。いっぱい芋を掘りましょう！」

「わかったわ」

「わかりました！」

『スノーもこのルーイを見かけたら教えてな！』

『まかせてなの！』

　それからはルーイを見つけたら掘り出し、薬草や野草も採りながらのんびり森を進んだ。

途中で猪《いのしし》に似た獣に襲われたが、ティンファが落とし穴の魔法を訓練がてら使うと見事に転び、そこをリナさんが弓で止《とど》めを刺した。

ティンファはゴブリンの集落の時は直接戦ったわけではないが、跡地を処理する時には一緒にいたからか、魔物や獣に出会っても冷静に判断できているようだ。

きちんと警告をして来る方角を教えれば、姿が見えた時点で自分で判断して魔法を使えていた。

ティンファは元々農家の手伝いで風と土魔法の制御はかなりできていたから、自分から離れた場所でも浅い穴なら狙って空《あ》けられるのだ。

本当に制御が上手いよな、ティンファは。

俺は今でも土に手をつかないと、深い穴を掘ることなどできない。だから離れた場所を指定なんて、なかなかできそうにないのだ。

そうして日暮れが近くなり、森を抜けた時にはそれなりの数のルーイの芋が集まっていた。

薬草や野草もかなり採れたので、ロンドの町で売ってもいいかもしれない。

「そろそろ野営しましょうか。アディーが明日にはロンドの町に着くと言っていましたし」

「そうね。森も抜けたことだし、丁度いいわね」

「もうちょっとなら、ここからはわたしも自分で歩くよ」

スノーの背からレラルが飛び降りて伸びをした。ピンと張った尻尾がたまらない。

レラルはイールの蔓が多いと歩くのが大変なので、森の中では歩き疲れるとスノーに乗り、体力が回復したらまた歩き、を繰り返していた。スノーもレラルのことはよく面倒を見ていて、並んで歩いているのだ。

今日はそこから少し歩いた場所で野営することになった。

夕食には試食した残りの山芋を切ってシオガをつけて出したのだが、レラルも不思議そうに食べていたな。粘り気があるものは初めて食べたみたいだ。

「口の中になんかくっつくよ?」

そう言いながら不思議そうに小首を傾げたレラルはとても可愛らしく、リナさんとティンファと一緒に三人でレラルを撫でまわしてしまった。

◆　◆　◆

次の日は草原を抜け、林を抜け、また草原に出ると街道に入った。

街道を少し歩くと、都市とまではいかないが、規模の大きな町が見えてきた。

住居の周囲には大人の背丈くらいの高さに組まれた丸太の柵があり、その周囲は農地になっているようだ。

「あれがロンドの町よ。今日はあそこに泊まりましょう」

「そうですね。あの農地で作られている野菜も気になりますし、俺は店を見て回ってみます」

「あ、私も見たいです」

「そうね。私もギルドに顔を出さなきゃだし。ゆっくりするのもいいかしらね」

近づいていくと、遠くまで広がる畑の中に、飼育小屋のようなものや低い柵があった。

リナさんの言う通り、もしかしたら卵や乳を採れる獣を飼育しているのかもしれないな。

町で何が売られているか、とても楽しみだ。

わくわくと畑を見回しながら街道を歩き、まだ日が高いうちに町の門をくぐった。

やっぱり、スノーとレラルに驚かれたけどな。

これまで訪れた村には門はなかったが、この町の規模だとあるみたいだ。

「やっぱり村よりも立派な建物が多いですね。通りも広いですし、店も色々ありそうです」

ティンファも初めての町を嬉しそうにあちこち見回していた。

野菜を売る露店がいくつか出ていたので、俺はそっちばかりに気を取られてしまう。

「じゃあ宿を決めましょうか。その後、私はギルドへ顔を出して、夕食の頃に合流するわ」

「「はい」」

町の中央の大通り沿いにあった大きめの宿に、従魔連れでも泊まることができた。

宿を確保した後はリナさんと別れ、ティンファと買い物へ出る。

「エリシアの街ほどじゃないですけど、賑わっていますね」

「本当だな。よし、この町の特産が何か、ちょっと人に聞いてみるよ」

町の中心地であるだけに店が立ち並んでおり、野菜を売る露店も多く、夕食の買い出しのためか、どこも人で賑わっていた。

「すみません。旅をしている者ですが、ここの特産って何ですか？」

声をかけたのは、屋台で野菜を売っている中年のおっさんだ。足腰が逞しく、いかにも農家という感じだった。

「おう、兄ちゃん。このロンドの町はな、見ての通り農業が盛《さか》んなんだ。ここの野菜はどれも美味《うま》いが、特産って言ったらこれだな！　マトンの実とガーガ豆だ！　あとはトラムの卵とムーダの乳もあるぞ！　他にもたくさんの種類の野菜があるからな。色々見ていってくれ！」

やっぱり卵と乳があったか！　それにこれは……。

「こ、このマトンの実とガーガ豆って、どうやって食べているんですか？」

「お？　マトンの実は生でも食えるが、ちょっと青臭くて酸味《さんみ》があるからな。食べ慣れてないヤツはダメかもしれないけど、煮ると甘みが出てスープになんか最高だぞ！　ガーガ豆はこのままスープに入れてもいいし、乾燥させれば冬までもつ。この豆も煮ると美味いんだ」

マトンの実は手のひらくらいの青い実だ。姿は似ていないが、今聞いたことを考えると、これはもしかしたらトマトなんじゃないか？

それにガーガ豆……これは大豆か？　見かけは大豆の十倍近い大きさがあるのだが。

「おじさん！　とりあえずマトンの実は十個、ガーガ豆は袋でください。それと、そこの野菜と……これとそれも五個ずつ。あと、その卵と乳はどこに行ったら買えますか？」

「お、おう。そんなにたくさん買ってくれるのか？　坊主はどこかの使いか何かか？　まあ買ってくれるなら何でもいいけどよ！　今包むからちょっと待ってな！　卵と乳はこの先の通り沿いの店で売っているぞ。じゃあ、お代は全部で銅貨四枚と鉄貨四枚だが、銅貨四枚にまけておいてやるよ！」

「ありがとう。じゃあこれ」

カバンから銅貨四枚を取り出して渡し、大きな袋に詰めてもらった野菜を受け取る。

「おい、大丈夫か？　重いぞ？」

「そこの宿に部屋をとっているので。部屋に置いてから卵と乳の店に行ってみますよ。ありがとう！」

気のいいおっさんに手を振って別れ、一度宿に戻ってから荷物をカバンに入れる。

ガーガ豆が大豆に似た味だったら、粒が大きいけど大量に買って味噌を仕込んでみるのもいいかもしれない。

あとはマトンの実を試食して、トマトの味だったら買い込もう。トマトソースにトマトケチャップを作れば、また調理の幅が広がるからな！

宿を出てからも、不審に思われない程度に露店などで様々な野菜を買い込む。

ティンファには驚かれたが、これだけ野菜の種類が豊富なのは王都くらいだった。しかも全てが新鮮《しんせん》。なんて素晴らしい。

この世界では野菜の苗《なえ》や種の販売はほとんどしていない。

頼めば売ってもらえるけど、土地の魔力によって、同じ種類の野菜の苗を植えても味に違いが出るので、たとえば旅先で見つけた特産品の苗を地元に持ち帰って植える、ということはあまりしないそうだ。

日本でも同じ品種の苗でも土地によって味が違うということはあったが、それが顕著《けんちょ》だということだろう。

味だけでなく、色や形が変わることもあるらしい。王都で同じ名前でも見た目の違う野菜が売られていたのを見て、商人ギルドの直営店の店員に聞いたところ、そんな回答が返ってきた。

だから、同じ味を求めるならその土地に行かないと買えないとのことだ。

まあ、普通に村で暮らしていればその土地の野菜だけを食べるのだから、味や見た目が変わることを知らない人もいるだろうけどな。

その土地の野菜の味を一番知っているのは当然住民なので、俺は現地の料理を屋台で買って食べるのが好きだ。


「美味しいですね！　今まで食べたことがないのですが、これは何ですか？」

一口食べて目を丸くしたティンファが屋台の女主人に話しかけていた。

凄く美味しそうな匂いにつられて、卵と乳の店に行く前に屋台で売っていた料理をティンファと二人でそれぞれ買った。

それはガーガ豆と卵と白い何かを炒め、クレープのような生地《きじ》で包んだものだ。

ティンファが尋ねたのはその白い何かで、俺が知りたいのもその正体である。

「これはね、この町で採った乳で作ったものだよ！　保存がきかないから、ここでしか食べられないんだ。旅人や商人なんかが来ると、皆驚いて美味しいって言って持ち帰りたがるが、結局は諦めて帰るのさ」

「こっ、これを売っている店はどこですかっ！　教えてくださいっ！」

俺は思わず身を乗り出す。

「ふふふ。お前さんたちも気に入ってくれたのかい。嬉しいね。この通りをもうちょっと行ったところに卵と乳を売っている店があるからね。そこで一緒に売っているよ」

「ありがとうございます！　この後行ってみます‼」

白い何か――それは山羊《やぎ》乳みたいにくせのある乳でつくられた、柔らかい固まりかけのチーズのようなものだったのだ。

卵も乳もあまり流通していないのだから、当然、チーズだって今まで見たことはなかった。だから作られていないものと思っていたのだが、これは嬉しい誤算《ごさん》だな。

祖父母も以前は牛と豚と鶏を飼育していたのだが、俺が物心ついた時には鶏が三羽いただけだった。さすがに酪農《らくのう》のやり方やチーズの作り方までは知らないし、チーズの入手は諦めていたのだが。

「ティンファ、行こう！　すぐ行こう‼」

「えっ、アリトさんっ！」

嬉しさのあまり、屋台のおばちゃんにお礼を言うと、ティンファの手を引いて駆け足でその店を目指す。

「あっ！　あの店じゃないかな？　行こう、ティンファ！」

通りの両側の店を見ながら駆け足で進むことしばし、ついにそれらしき店を見つけた。

「すみません！　ここは卵と乳を売っている店ですか？」

その店は住居も兼ねているのだろう。大きな家の一階が店になっている。

「そうだよ。そんなに顔を輝かせて店に来てくれるなんて嬉しいね。もしかして、マンサさんの屋台でガーラを食べたのかい？　小麦粉を焼いたので包んだやつだけど」

「そうです、食べましたっ！　とっても美味しかったので、この店で売っていると聞いて買いにきたんです」

「ふふふふ。嬉しいよ。君が欲しいのはこれだろう？」

そう言って、まだ三十前くらいの店主と思われる男性が俺に容器を差し出した。

それを見て、大きく頷く。

大きな鉄製のバットのような容器に入れられた液体の中に、指先ほどの大きさから手のひらくらいの大きさの白い塊が浮いていた。

こ、これはモッツアレラチーズか？

「こ、これですっ！　このままでも食べられるんですか？」

「ん？　ああ、火を通さないで食べられるか、ということかな？　これは今日作ったものだから食べられるよ。味見してみるかい？」

「はいっ！　食べてみたいです」

俺の勢いに押されつつ、男性は嬉しそうに笑う。

「そんなキラキラした目で見られると、頑張って研究している甲斐《かい》があるね。はい、少しだけど。どうぞ食べてみて。お嬢《じょう》さんもどうぞ」

小皿に載せてくれた指の先くらいの小さな塊を、手に浄化をかけて掴んで食べる。

おおっ⁉　こ、これはまさしくフレッシュチーズっ！

ちょっと乳に癖があるけど、全然問題なく食べられるな。美味い。

「うわぁ。こんなの初めて食べました！　なんて言ったらわかりませんが、すっごく美味しいです！　これはもしかして乳で作っているんですか？」

ほうっと久々のフレッシュチーズの味に一人で陶酔《とうすい》している間に、ティンファが店主に話しかけた。

「そうですよ。この町では昔から独自の方法でムーダを飼育していて、その乳が飲まれていたんだ。それで、乳で何か作れないかって思い立ってね。長年の研究でやっとこれができたんだよ。まだ保存もきかないから、出来たてをこの町で食べてもらうしかないのだけれど、そうやって美味しいと言ってもらえると、もっと頑張って研究しようと思えるね」

長年の研究って……あっ、よく見たら耳が尖《とが》っているから、この人はエルフなのか。

まだ人族基準《きじゅん》の見かけで判断している自分に、つい苦笑しながら聞いてみた。

「それって、もっと保存がきくように研究しているということですか？　あ、これは何と呼んでいるんですか？」

「ムームンと名付けたんだ。研究はね、この町の特産になるように、というのもあるけれど、もっとムーダの乳で色々作れないかって試行錯誤《しこうさくご》しているんだよ。もちろん、ムームンの長期保存も研究している最中さ」

ムームンっていうのか。

でも、この人が生み出したものなら、やはりチーズはこの世界にはないってことかな。

「ムーダの乳から作ったのは、このムームンだけなんですか？」

「いや、このムームンはつい最近やっとできたんだよ。ずっとムーダの乳を固めて何か作れないかと研究していて、このムームンもまだ完成とはいえないのだけれどね。ムームンに辿りつくまでの試作で、もっと緩い、どろりとしたものができたよ。これも保存がきかないからこの町でしか食べられていないけれど……これだよ」

そう言って見せてくれたのは、白いどろりとした——もしかしなくても、これはヨーグルト、かな？

「これ、食べてみたいので買います！」

「ああ、少し味見してみるかい？　ほら、食べてみて」

木のカップに入っている物をスプーンですくって、ムームンを味見した小皿に載せてくれた。

ありがたく、そのまま小皿を傾けて食べてみる。

やっぱりこれはヨーグルトだな！　すっぱい感じはそんなにないし、やっぱりちょっと癖があるけど、蜂蜜《はちみつ》とかと一緒に食べたら美味しそうだ。

この世界にも蜂《はち》っぽい虫がいて、花蜜《かみつ》という名前の蜂蜜のようなものがある。

ただ、その蜂っぽい虫はスズメバチの何倍も大きくてかなり気性《きしょう》が荒く、巣に近づくと集団で襲ってくるので、花蜜はほとんど出回ってないのだが。

「これも美味しいですね！　何と言うんですか？」

「ムーダンと名付けたよ。柔らかいから小さな子供でも食べられると人気《にんき》なんだ」

ぜひムームンもムーダンも買い込みたいが、さすがに無理だよなぁ。いくら魔力で包んでカバンに入れても、大して長くはもたないだろう。

それに、ここで大量に買い込むのは不審がられるだろうし。ああ、残念だ。

「ムームンを凍らせたり、魔力で包んでもダメなんですか？」

「うーん。商人の人にも言われて試してみたけれど、やはりせいぜい五日くらいだったんだ。それに、凍らせたら味が変わってしまったんだよ」

「そうなんですか……。もっとしっかりとした塊になれば、持ち運びもできそうですけどね」

「そうなんだよね。うーん。色々な方法を試してはいるんだけれど……」

日本で家庭でのヨーグルト作りが流行《はや》った時に作ってみたことがあったが、あれも種菌はあらかじめ用意してあったし、イチから作るとなると俺にはわからない。ましてや、チーズの作り方なんて……。

「温度管理して熟成《じゅくせい》させて……だったかな」

「えっ！　温度？　熟成？　それって何だい？」

テレビで見た番組を思い出していたら、うっかり声に出してしまった。

でも今、ぼそっと言っただけだったのに。エルフは耳がいいんだな。

「え、えぇと。確か調味料とかを作る過程では、温度を一定にして様子を見たりするんですよ。温かいと腐《くさ》りますよね？　その一歩手前の温度を保って、わざと発酵《はっこう》させたり……」

発酵の説明なんて、俺にはできないぞ。どうしようか。

「なんだって!?　そんな方法があるのか。へぇー、知らなかったよ。よし！　温度や保温時間を変えて研究してみるよ！　ありがとう！　これで成果が出たら君のおかげだ！　何十年の研究が実を結ぶかもしれない！」

何十年って……。

「いや、ちょっと聞きかじったことを言っただけなので！　曖昧《あいまい》な話ですみません。そんなに長い間研究し続けているのなら、絶対結果が出ますよ！　楽しみにしていますね！」

「ああ、ありがとう！　ふふふふ。明日からの研究が楽しみだ。まずはどこから取りかかろうか……。今夜からでもやったほうがいいよね。ふふふふ」

う、うわぁ。もしかしてエルフって研究職には最適な種族なんじゃないのか？

寿命が長いから、何十年も研究していたらどんな成果でも出せそうだよな。オースト爺さんもこのクチなのか？

そう考えると、歴史上にいきなり便利な物が登場したのだって、『落ち人』がもたらした知識の影響ではなく、エルフの研究の成果だという可能性もあるかもしれないな。

俺はムームンとムーダン、それと卵と乳も不審に思われない程度に買って店を出た。

ヒントを貰ったからお金はいいと言われたけれど、もちろん、ちゃんと払ったよ。

あんな中途半端《ちゅうとはんぱ》な言葉だけで、何十年の研究を左右してしまったなんて。

口には気をつけよう。そう、しみじみ思ったのだった。

エルフの研究職が皆ああだとすると、やはりエリダナの街に着いたら本当にのんびりなんてできない気がしてきたぞ。

背筋を走った寒気でブルっと震えた俺を、ティンファが不思議そうに見ていた。

ムーダは牛よりも一回りも大きい、牛と山羊を足して二で割ったような外見だった。年に何度か子供を産むそうで、乳もそれに合わせてほぼ一年中出るらしい。

ちなみに、牛のような酪農に適する大人しい動物はこの世界にはいないようだ。

気性の荒いムーダを飼育するにはコツがいるとのこと。そのコツは秘密にされているが、大抵が長年にわたって積み上げてきた経験によるものだそうだ。

あとは長年飼育していれば、飼い慣らされて次第に大人しくなるらしい。

それにしても、あの店主のようなエルフがいるのなら、そのうち保存技術が発達して、卵も乳もどこでも手に入るようになる気がしたよ。

店を出て、次は山芋をすりおろす道具を探すために道具屋の場所を聞いた。

「アリトさん。今度は何を買うんですか？」

「調理器具が欲しくてね。あったらいいんだけど」

すりおろし器は見かけたことがないが、一応行ってみよう。工房に頼むにしても、この町じゃ無理だろうし。山芋ならすり鉢《ばち》でも擦《す》れそうだから、魔法で作ってみるか？

道具屋には農機具から調理器具まで置いてあったが、やはりすりおろし器やすり鉢のような物はなかった。

結局、スライム用に大きめの器を買うだけにして、宿へと戻ったのだった。

ギルドから帰って来ていたリナさんに、ムームンやムーダンのことを話したら食べたがったので、それを扱っている食堂へ行って夕食にした。

ムーダンを使った料理はなかったが、ムームンはマトンの実と一緒に焼いた料理があった。

マトンの実は、やはり甘みのないトマトのような味だったな。

他にはムームンと芋の炒め物などを注文し、久しぶりのチーズ料理を味わえて満足だ。

リナさんもムームンをかなり気に入ったのだが、保存がきかないと言ったら残念がっていた。

俺のカバンには今日購入した乳製品が入っているけれど、できればもう少しストックしておきたい。

なので、明日の朝、町を出る前に卵と乳とムームンとムーダンを不審に思われない程度に買って欲しいとリナさんに頼むと、笑顔で了承してくれた。

俺が今日買ったものは、冷気をイメージした魔力で念入りに包んでカバンに入れてある。

リナさんはギルドに報告をしただけで、さらなる調査や討伐の依頼はされなかったということだったので、明日準備を整えたら出発だ。

◆　◆　◆

翌日、必要な買い出しを終えてロンドの町を出た。

ここから街道を歩いていくと、エリダナの街までは五日くらいの距離らしい。俺たちは街道を無視して真っすぐ突っ切っていくので、多分四日もあれば着くだろう。

エリダナの街へ着いたら、リナさんはそこから故郷のエウラナの街へ向かう。

エウラナはエリダナから南へ何日か行った場所だそうだ。

ティンファはエリダナのおばあさんの家へ。

俺はオースト爺さんが寄れと言ったキーリエフ・エルデ・エリダナートさん——リナさん曰く、ハイ・エルフでエリダナの街を造った有名人——のところへ行くことに。

爺さんの知り合いに会うのは面白そうだけど、忙しくなるんだろうなぁ。嫌な予感は絶対当たるのだ。そう考えたら、もっとのんびり旅をしたくなった。

それに、このリナさんとティンファとの旅もあと少しだと思うと、寂しい気持ちもある。

『アリト、どうしたの？　疲れたの？』

『ん？　ああ、ごめんなスノー。大丈夫だよ。そろそろ昼休憩にしようか』

『わかったの！』

「リナさん、ティンファ、そろそろ昼食にしましょう」

「ええ。そうしましょうか」

「そうですね。お腹減ってきました」

ロンドの町の周辺は草原が続いていたが、遠くに霞《かす》んで見える霊山を目指すように歩き続け、今はちょうど林に差しかかったところだった。

「お昼はルーイの芋を使った料理にしますよ。卵も手に入りましたしね」

「楽しみにしているわね」

「はい、楽しみです！」

そう、作るのはルーイの芋を使ったお好み焼きだ。

早速、昼食の準備にとりかかる。

コンロで鍋にお湯を沸かし、歩きながら拾っておいた大きな固そうな石をカバンから取り出した。

浄化をかけてから魔力で石を包んで、石の表面を土魔法で変化させ、けば立たせるように突起《とっき》を作る。

魔力を通して変化を促す魔法は、様々な物を作っている間にできるようになった。

含まれている魔力を組み替えるイメージで魔法を使えば、ある程度は変形可能なのだ。

鉄などの密度の高い物は無理だが、石なら砕いて砂になるイメージで変えられる。

「アリト君、それは何を作っているの？」

「見ていればわかりますよ」

『何するの？　アリト』

「美味しい物を作るんだよね？　アリト」

スノーもレラルも興味津々《しんしん》で手元を覗き込んでくる。

完成したら、大きな入れ物を取り出して、その上に石を置いた。

水にさらしながら皮を剥いた山芋を、石の上で力を込めてこすると――

「えっ！　すり潰されています⁉　芋なのに、そんなに簡単に？」

「なんか凄い粘り気があるのね」

よし、成功だ。潰《つぶ》れたり欠片《かけら》が入ったりしているが、お好み焼きだからいいだろう。焼いたらわからないからな！

どんどんすりおろし、丁度いい量になったところで止《や》めて、他の野菜を切っていく。

「うわあ。これ、何でしょう。楽しみです！」

「そうね、どんな料理になるのかしらね？」

「アリトのご飯は何食べても美味しいよ！」

レラル、今とっても美味しいお好み焼きを食べさせてあげるからな！

ロンドの町で買っておいたキャベツに似たものを大量に千切りにしていく。凄い勢いで千切りにしていたら、皆ビックリしていたけどな！

残念ながら、まだ長ネギに似た野菜や昆布やかつお節などの出汁類は見つけていない。仕方がないので、他の野菜とコンソメで代用だ。

肉はレラルが好きな豚っぽい味の物を薄切りにした。

全部の材料の用意が終わると、小麦粉に卵、水、コンソメのスープとシオガを入れて混ぜる。それから山芋を入れ、最後にキャベツを投入してざっくりまぜたら完成だ。

鍋でスープを作り、隣でフライパンに油を引いて生地を流し込む。

「それを焼くんですか？　どんな味になるのか想像がつきません」

「そうね。でも、とても美味しそうな匂いがしてきたわ」

生地の上に肉を並べ、生地に焦げ目がついたら、自作の木製フライ返しを使ってポーンとひっくり返す。

あとは肉にしっかりと火が通れば完成だ。

「ほえぇえ。フライパンの中身が飛んだ！　飛びましたよ！」

『アリト凄いの！　なんかポーンッて飛んだの!!』

「凄いよアリト！」

ティンファもスノーもレラルも大興奮だな。

焼いている間にスープを仕上げ、禁断のマヨネーズとソースも取り出した。

マヨネーズは昨日の夜、宿で作っておいたものだ。卵を大量に買うことができたので、オースト爺さんに送る分もまとめて作った。

ちょうどいい焼き具合になったところで皿に盛り、すぐさまフライパンに次の生地を入れる。

そして皆が注目している皿のお好み焼きの上に、マヨネーズとソースをたっぷりとかけて切り分けた。

端を味見してみると、出汁をコンソメで代用したからコクは物足りないが、野性味がある山芋の味が引き立っていて、これはこれで美味しい。ちゃんとふわっとした食感もある。

「ア、アリト君？」

ゴクッとつばを呑み込む音に顔を上げると、みんなキラキラした目で俺を見ていた。

「ああ、すみません。どうぞ食べてみてください。どんどん焼きますから、熱いうちに。あ、スープもできているので、よそってくださいね」

どうぞ、と言った瞬間に、三人が一斉にフォークをお好み焼きに突き立てた。

「「「美味しいーーっ‼」」」

「こんな食感初めてだわ！　ふわふわね！」

「本当ですね！　なんですか、これは。すっごく美味しいです！」

「これ、とても美味しいよ！　ふわふわ！」

皆ガツガツと食べ、すぐになくなってしまった。

普段は肉しか食べないスノーが珍しく羨ましそうに見ていたから、焼いているものの端を切ってあげてみると、『ふわふわ！』と言って驚いていた。その姿が可愛らしく、微笑ましい。

結局、かなりの量を焼くことになった。

満腹になったので、食休みを多く取ってから出発したよ。久しぶりのお好み焼きは美味しかったな。

◆　◆　◆

林を抜けると草原、草原を抜けると森に。

薬草や野草を採取しながら何事もなく進み、エリダナの街まであと一日となった夜。

「ねえ、アリト君。この子、少し感じが変わってきたような気がするのだけれど」

「そういえば、私の子も変わった気がします」

「そっちもですか？　うちの子たちもなんですよね」

いつものように野営準備を全て終わらせ、夕食後のお茶を飲みながら、のんびりとスライムに魔力を与えていたら、リナさんがそんな話を切り出した。

リナさんとティンファは、撫でながら両手に持って魔力をあげている。

俺はいつも、入れ物の中に入ったスライムに魔力をあげながら、ついぷにぷにしてしまうが。

スライムは水袋に入れて歩いていても問題なかった。

ただ、小さめとはいえ水が入った袋を三つもぶら下げていると動きにくいので、二日目からは水なしで、変わりに小さな魔力結晶に俺の魔力を馴染ませてあるものを、それぞれの好みの属性に変化させてから袋に入れた。

どうやら水がなくても大丈夫なようなので、それ以来、俺は水を入れていない。

リナさんとティンファは一つだし、魔力濃度がそれなりに高ければ水の量は少なくても大丈夫とわかって、少量の水を入れてぶら下げている。

スライムは歩いている間は大人しく、たまに袋を開けて様子を見ながら魔力を与えるとぷるぷる震えて喜んでくれるので、今では皆の癒しになっていた。

その癒しのスライムを手に持って、しみじみ感触を味わっていると。

「うーん。最初は水分が多くてぷるぷるだったのに、今はちょっと固くなってぷるるんって感じかな？　姿は変わってないと思うのだけれど」

柔らかめのグミのような弾力もある。最初はこんな感触ではなかったはずだ。

「あっ！　そうですね。私の子も、確かに最初より固くなってぐにぐにしている感じです！」

「水属性が好きなこいつはなんかジェルっぽくなっているし、風属性のはさっき言った通りにぷるるんって感じだ。そして光属性の子はふわふわだな。感触が違ってきていたのか。姿が同じだから気づきにくかったんだな」

好みの属性の魔力をずっとあげていたせいで、感触に変化が出たということなのか？

「面白いわねぇ。エルフでもスライムを研究している人なんて聞いたことがないから、これが知れたら誰かが研究を始めそうよ。エルフは寿命が長い分、凝《こ》り性《しょう》なのよね」

凝り性、か。エルフは自分の寿命が長いとわかっているから、その年月をかけて興味を持ったものを研究しようと思うのかもしれないな。

俺の感覚からすると寿命が百年でも途方もないと思うのに、何百年とあるのだ。そんなに長い間生きているなんて、全く想像もつかない。

オースト爺さんにこのスライムを見せたら、目を輝かせて色々実験しようとするかもしれない、と考えて笑ってしまった。

「あらどうしたの？　アリト君」

「いいえ。もう明日にはエリダナの街へ着くな、と思いまして。そういえば、すっかりこのスライムたちも馴染んでしまいましたね」

「そうねぇ。私もこの子は可愛いもの。名前をつけようかしら」

「あ！　私はこっそり名前で呼んでいました。チランっていうんです。名前を呼んで魔力をあげると、なんだかこの子が嬉しそうにしている気がして」

「へえ。俺も名前を付けようかな。……そうだな。この水の子はミル、風の子はウル、光の子はラルにしよう。覚えやすいしな」

「あらアリト君、決めるの速いじゃない。じゃあ私はイーラにするわ。よろしくね、イーラ」

リナさんもティンファもイーラとチランをいい笑顔でぷにぷにしている。

俺もミルとウルとラルを、順番にそっと撫でた。

「ねえ、アリト。わたしも触っていい？」

「ん？　レラル、いいぞ。そっとな」

「はーい。……ぷにぷに！　面白いよ！」

スライムをつついて、きゃははと楽しそうに笑うレラルの頭を撫でていると、スノーが後ろから顔を伸ばしてきてすりすりしてきた。

『スノーも！　スノーもなでなでして！』

「はいはい。ちょっと待っててな」

スライムたちを入れ物に戻し、スノーとレラルを思う存分撫でまわす。

「ふふふふ。本当に楽しそうにじゃれるわよね」

「はい！　いいなぁ。私も可愛いもふもふな子が欲しいです。あ、チランも可愛いよ！」

森の中でも、こんな夜はいいよな。

もう明日の夜には、エリダナの街にいるのだろうか。

名残惜しいと思う心を胸に、夜は更《ふ》けていく。

さあ、明日はエリダナの街だ！　何が待っているか、ドキドキするな！

あとがき

こんにちは。作者のカナデです。この度は文庫版『もふもふと異世界でスローライフを目指します！２』をお手に取っていただき、ありがとうございます。こうして引き続き、この場で皆様にご挨拶できて心より嬉しく思います。

単行本の第二巻は続編を刊行できる喜びに浮足《うきあし》立ちながら改稿をしていた記憶があります。本作を書き始めた当初から、この物語でヒロインを出すべきか、もふもふだけで行くべきか構想に迷っていた時、ふっと頭に登場したのがティンファでした。でもすぐに、「彼女ならヒロインとしてやって行けるな」と確信しました。

レラルも、「ここで猫だ！」と閃《ひらめ》いて生まれたキャラクターです。

このように、私はいつも行き当たりばったりで物語を書いていましたが、あまり悩んでいても前に進まないので、キャラの性格やもふもふの登場は、今後はその場の勢いで決めてしまおう！　と開き直りました。

というのは、キャラクターを決めてしまって、彼らの一人歩きに任せたほうが、文章から生き生きとした息吹《いぶき》を感じ取れると思うからです。そのため、本作は基本的にキャラが望む行動に作者は身を委《ゆだ》ねる形で進めています。

あちらこちらに寄り道するバタバタとした旅路《たびじ》ではありますが、そんな雰囲気もアリトたちの冒険の魅力となっていれば幸いです。

余談ですが、アリトのもふもふしている姿は私の願望のそのものです……。

イラストレーターのYahaKo先生が描くキャラが素敵すぎるのもありますが、寺田イサザ先生の漫画版も素晴らしいため、文章だけの表現よりもアリト達が旅する物語の世界が広がったように思います。そのお陰か、本作は様々な年代の方に読んでいただけるようになったと感じています。本書を読む読者の皆様の頭の中にも、スノーたちの楽しく走り回る姿が浮かび上がることを願っています。

最後になりますが、本書の刊行にあたりご協力いただいた関係者の皆様、そして読者の皆様へ最大限の感謝を申し上げます。アリトたちの冒険をご覧《らん》いただき、少しでも楽しいひと時をお過ごしくださったのなら、作者としてそれ以上の喜びはありません。

それでは、文庫版の三巻で再びお会いできることを願っています。

二〇二〇年十二月　カナデ

大好評発売中!
累計500万部突破!
ゲート SEASON1
大好評発売中!
コミックス
最新18巻
大好評発売中!
単行本
文庫
漫画
漫画:竿尾悟
●本編1～5／外伝1～4／外伝+
●各定価:本体1700円+税
●本編1～5〈各上・下〉／
外伝1～4〈各上・下〉／外伝+〈上・下〉
●各定価:本体600円+税
●1～18(以下、続刊)
●各定価:本体700円+税
スピンオフコミックスもチェック!!
ゲート featuring The Starry Heavens
原作:柳内たくみ
漫画:阿倍野ちゃこ
1～2
ゲート 帝国の薔薇騎士団 ピニャ・コ・ラーダ14歳
原作:柳内たくみ
漫画:志連ユキ枝
1～2
めい☆コン
原案:柳内たくみ
漫画:智
●各定価:本体680円+税

大ヒット
異世界×自衛隊ファンタジー！
ゲート
自衛隊 彼の海にて、斯く戦えり
GATE SEASON 2
1～5
柳内たくみ著
Yanai Takumi
1～5巻
好評発売中！
1巻「抜錨編」
待望の文庫化！
大好評発売中！
舞台は異世界の海！ゲート海自編、ついに開幕！
海上自衛隊VS
異世界海賊＆海軍！
累計420万部！ 超スケールの自衛隊×異世界ファンタジー！
『ゲート』シリーズ累計
ついに500万部突破！
電子含め累計570万部
豪華賞品が当たる
海自編、待望の文庫化！
●各定価：本体600円＋税 ●Illustration：黒獅子
●各定価：本体1700円＋税
●Illustration：Daisuke Izuka

アルファライト文庫

この作品に対する皆様のご意見・ご感想をお待ちしております。

おハガキ・お手紙は以下の宛先にお送りください。

【宛先】

〒150-6008 東京都渋谷区恵比寿 4-20-3 恵比寿ガーデンプレイスタワー 8F
（株）アルファポリス　書籍感想係

メールフォームでのご意見・ご感想は右のQRコードから、
あるいは以下のワードで検索をかけてください。

アルファポリス　書籍の感想　検索

ご感想はこちらから

本書は、2018 年 10 月当社より単行本として
刊行されたものを文庫化したものです。

もふもふと異世界《いせかい》でスローライフを目指《めざ》します！ 2

カナデ

2021年 1月 31日初版発行

文庫編集－中野大樹／篠木歩
編集長－太田鉄平
発行者－梶本雄介
発行所－株式会社アルファポリス
〒150-6008東京都渋谷区恵比寿4-20-3恵比寿ガーデンプレイスタワー8F
TEL 03-6277-1601（営業） 03-6277-1602（編集）
URL https://www.alphapolis.co.jp/
発売元－株式会社星雲社（共同出版社・流通責任出版社）
〒112-0005東京都文京区水道1-3-30
TEL 03-3868-3275
装丁・本文イラスト－YahaKo
文庫デザイン―AFTERGLOW
（レーベルフォーマットデザイン－ansyyqdesign）
印刷－中央精版印刷株式会社

価格はカバーに表示されてあります。

落丁乱丁の場合はアルファポリスまでご連絡ください。

送料は小社負担でお取り替えします。


ISBN978-4-434-28375-8 C0193